U0624018

007 （第二辑）典藏系列

For Your Eyes Only
最高机密

伊恩·弗莱明◎著

曾婉婷◎译

时代出版传媒股份有限公司
安徽文艺出版社

图书在版编目（ＣＩＰ）数据

最高机密/（英）伊恩·弗莱明（Ian Fleming）著；曾婉婷
译.—合肥：安徽文艺出版社,2018.1（2024.7重印）
（007典藏系列）
ISBN 978-7-5396-6080-6

Ⅰ.①最⋯ Ⅱ.①伊⋯ ②曾⋯ Ⅲ.①长篇小说－英
国－现代 Ⅳ.①I561.45

中国版本图书馆CIP数据核字(2017)第103658号

出 版 人：姚 巍　　　　　　　合作策划：原典纪文化
责任编辑：姜婧婧　刘 畅　　　装帧设计：张诚鑫
....
出版发行：安徽文艺出版社　www.awpub.com
地　　址：合肥市翡翠路1118号　邮政编码：230071
营 销 部：(0551)63533889
印　　制：安徽芜湖新华印务有限责任公司　(0553)3916126
....
开本：880×1230　1/32　印张：6.625　字数：170千字
版次：2018年1月第1版
印次：2024年7月第2次印刷
定价：39.80元
....
（如发现印装质量问题，影响阅读，请与出版社联系调换）

Ian Fleming

伊恩·弗莱明

1953年，正在牙买加太阳酒店度蜜月的伊恩·弗莱明百无聊赖地坐在打字机边，他的脑子里在酝酿"一部终结所有间谍小说的间谍小说"——这部小说的主角就是通俗文学世界里最为人知晓、商业电影范围内生命最长的詹姆斯·邦德。

和其笔下的 007 一样，弗莱明的现实生活中也充满了炮弹味和香水味，和詹姆斯·邦德有的一拼。弗莱明 1908 年出生在英国。他的性情却和英国的传统教育格格不入，1921 年，在著名的伊顿公学念书的弗莱明因为行为不端而被开除。1926 年，他在家庭的安排下进入了桑德赫斯特军校，弗莱明再次因为酗酒和斗殴，提前结束了自己在军校的生活。1931 年，他进入了著名的路透社，成为了一名专门报道间谍案件的记者。1933 年，他回到了英国，做了一个银行职员，百无聊赖的生活让弗莱明忍无可忍，好在二战的到来为弗莱明赢得了"换种活法"的机会——战争让弗莱明变成了邦德。

1939 年 5 月，弗莱明成为英国皇家海军情报局中尉，因工作出色，弗莱明深得局长约翰·戈弗雷海军上将的赏识，后者以作风强硬著名，是 007 的老板——M 的原型。弗莱明曾多次陪同戈弗雷上将去美国与联邦调查局局长胡佛会晤，交流情报，并作为戈弗雷上将的助理直接领导代号为 30AU 的间谍部队。这是一个由间谍精英组成的小分队，队员个个身怀绝技，从神枪手、化装师、武器专家到解密高手、间谍美女，一应俱全。他们的主要任务是帮助纳粹占领国的高级官员逃亡以及窃取德军重要档案。

第一次行动,弗莱明率领30AU来到葡萄牙的卡斯卡伊斯,策划阿尔巴尼亚国王索古从德国、意大利占领区潜逃。他设想的营救计划是这样的:清晨,在国王寓所门前,两名清洁工(由英国特工扮演)出现了,严密监视国王寓所的德国卫兵问了两句,就让他们进了门。待了一会儿,两个清洁工(已是国王夫妇扮演)再次出现,拖着垃圾袋正向大门走来。这时,事先安排好的一场车祸准时在街对面发生,德国卫兵赶紧召集人手灭火救人。一个蒙太奇镜头:两个"高贵的清洁工"登上垃圾车渐渐远去。待德国人发现国王夫妇失踪时,国王夫妇已化装成葡萄牙人搭乘一艘意大利游轮安全抵达卡斯卡伊斯。结果,整个行动与伊恩·弗莱明的策划一样顺利,犹如他在执导拍摄一部007电影。

二战期间,弗莱明与"疯狂比尔"——美国战略情报局局长威廉姆·多诺万将军关系密切。1941年,多诺万计划成立新的情报机关,要弗莱明策划一个蓝图。弗莱明为他撰写的计划共72页,描述了一个完美特工应具备的特质,"年龄在40岁到50岁,经过特工训练,拥有出色的观察、分析、评价能力,完美的判断力,能随时保持头脑清醒,对情报事业有献身精神,并有广博的生活经历"。这和詹姆斯·邦德的形象几乎一致。1947年中情局正式成立,很大程度上借鉴了"邦德标准"。弗莱明毫不掩饰得意之情,向多个朋友吹嘘"我创造了中央情报局"。

1945年11月4日,弗莱明离开了海军情报局,戈弗雷上将对他做出了闪光的评语:"他的热情、才能和见识都是无与伦比的,他对海军情报局的战时发展和组织活动做出了巨大贡献。"

自《皇家赌场》大卖之后,弗莱明就成了一架被烟草和酒精驱动的写作机器,在他人生最后的12年里,一共写了14本007小说。在弗莱明生前,他的007系列小说就销售出了4000万册,迄今为止,该系列小说在世界各地的销售量已超过1亿册。

1964年8月12日,56岁的弗莱明由于心脏病发作倒在儿子的生日宴会上。

几十年过去了,那些曾经试图抛弃他的"贵族们"早已烟消云散,他所留下的作品却享誉全球,妇孺皆知。在全世界,无数的人在阅读007小说或观看007电影,以此向这位传奇人物表达敬意和缅怀之情。

目 录
Contents

蔷薇花下的阴谋

一辆 BSAM 20 摩托车，时速达 70 英里，在路上轰隆隆不停地骚动着。一路上，人跟车都在疾驰，唯一不变的是黑色橡胶护目镜后的那双眼睛，始终如燧石般坚定。护目镜保护之下，他的双眼密切注视着前方的路，深沉、坚毅的瞳孔如同枪管里的枪眼一般空洞而冷酷无情。迎面而来的风吹打着他的脸庞，把他的嘴巴吹得咧开扭成了方形，里头露出了如墓石般的大方牙和两排泛白的牙龈。两边脸颊被风吹得鼓起了两个小包，在微微晃动着。头盔下的脸庞还在被风吹打着，脸庞下左右两边握着车把的手戴着黑色手套，不时拧动车把控制着车速，看起来倒像是巨型野兽的爪子正准备发动攻击。

摩托车上的男人穿着皇家通信部队通信兵的制服，车子是橄榄绿的，车上的阀门跟汽化器经过特别改装，为了提速而把挡板消音器撤下,这完全是一辆标准的英国军队用车。男人以及他的装备都可表明他皇家通信兵的身份。然而油箱上,子弹上满膛的鲁格尔手枪却显得与这一切格格不入。

这是五月的一个早晨,七点钟。通往森林的平坦大道死寂般宁静,在蒙蒙春雾中有微光闪烁。道路两旁一棵棵粗大的橡树有序地排开来,林中地上铺了层层苔藓,还有蔓延满地的鲜花,颇具凡尔赛和圣日耳曼风格的皇家森林如梦幻般的绰约风姿。这条路是 D98 号公路,是一条服务于圣日耳曼当地交通系统的二级公路,这辆摩托车刚刚通过巴黎 – 莫奈高速公路下的隧道,向北驶了进来,朝圣日耳曼方向驶去。巴黎 – 莫奈高速公路上总是有不同的车子风驰电掣般驶往巴黎,可此刻这条路上,摩托车手的视线范围内一辆车也没有,除了前方大概半英里处,依稀可以辨别出的另一个皇家通信兵。前方的男子看上去更年轻,身材更修长,他惬意地靠在他的摩托车上,时速保持在 40 英里左右,不慌不忙地享受着这个清晨。不早不晚,时间把握得刚刚好,他心情畅快,感叹天气晴朗风光也好。想着一个小时后就能返回总部好好享用早餐了,到时的鸡蛋是要煎还是炒呢?

距离前方的摩托车还有 500 码①,400 码,300 码,200 码,100 码,两车越来越近了。这时处于后方的车手把时速减缓到 40 英里向前驶去。他抬起右手,用牙齿摘下了手套,把手套塞进他的束腰外衣里,再往下探,从油箱顶部拔出他的枪。

———————————

① 码:长度单位,1 码 =0.9144 米。

现在前方的通信兵可以从后视镜清楚地看到后面的身影了,他猛地转头,惊奇地发现早上这个时间点居然还有另一个同行出现。他想那或许是美国或法国宪兵吧,又或许是来自北约八国的任意一个服务于欧洲盟军最高司令部的成员。但很快他便认出对方的那身制服正是皇家部队的,惊讶之余他又感到欣喜万分,猜想着会是哪个家伙。他兴奋地伸出右手挥动拇指向对方示意,同时把车子的时速减缓到 30 英里,等待后方人员赶上并驾齐驱。他一边看着路前方,一边瞥向后视镜里那个逐渐靠近自己的人影,同时脑海里迅速把最高司令部下属特别行动运输部的英国通信兵都想了一遍。艾博特、锡德、威利……或许是威利,看那副同样粗壮的身板,定是他。好家伙! 那家伙常在餐厅里自顾自开荤,取笑那个老是板着脸的女人。露莉丝、伊莉丝、莉丝,他在餐厅里嘴里嚷嚷着的那个女人叫什么莉丝来着?

后方持枪的男人已经减速,现在距离前方人员只有 50 码了。尽管仍吹着风,他的脸庞却恢复常态,看得出线条硬朗、挺立,像是斯拉夫人的轮廓。那双空洞的黑色眼睛中闪着怒光。双方距离只有 40 码、30 码了。这时年轻的通信兵前方,一只喜鹊从森林飞出,冒冒失失地飞过公路跌跌撞撞地向路边的一块道路指示牌蹿去,随后消失在指示牌后的灌木丛里。而此时距离圣日耳曼还有一英里。青年男子看到此景,不高兴地抿了下嘴唇。常听说"喜鹊单只没好事",为了打破这个不吉利,他滑稽地伸出一根手指敬了个礼来凑数。

这时在他身后 20 码处的男人,双手已经离开车把,举起鲁格尔枪,左手臂稳稳地托住手枪,右手扣动扳机射出一颗子弹。

年轻男子双手瞬间失控离开车把,捂住中了枪的脊椎。他的摩托车也顿时急速转向,跃过路边的一条窄沟,随即撞入一块长满野草及百合花的山谷里。摩托车的后车轮还不停地转动,发出刺耳的声音,随后车子慢慢朝上翻起,往后一倒压在了骑兵的尸体上。BSAM 摩托车残喘地咳嗽了几下,车轮仍旧在滚动,摩擦着男子的尸体,撕扯着他的衣服,最后车子慢慢地停了下来,静静地躺在那片花丛中。

杀手掉头,把车子驶入路边后才停下。他踩下撑脚架,把车子架起固定,然后走到树下的野花丛中。他跪在死者旁,粗暴地扒开死者眼皮检查瞳孔,以确认对方已经死云。又硬生生地从死者身上扯下那只黑色皮质的公文包,扒开对方的外衣,从里面翻出一只破旧的皮夹子。最后他还猛搋下死者左手腕上的一只廉价手表,表上的铝合金手链顿时啪地断成两截。随后他站起来,把公文包挎在一边肩上。把钱包和手表在上衣口袋藏好后,他侧耳倾听四周的动静。四处仍旧安静,只有树木沙沙的声音和那辆撞毁的摩托车上传来的金属撞击的嘀嗒声。杀手沿着来时的路走回公路,湿而柔软的泥地、苔藓上铺满了叶子,他走得很慢、很轻,特意拖着脚步用叶子把轮胎的痕迹铺上。他还花了些工夫在那条窄沟以及草坪边缘上,以掩盖刚刚车祸现场的痕迹。他回到他的摩托车旁,回头看了眼山谷里的百合花丛,那里一切如初。干得不错! 这地方大概只有警犬才能嗅到些什么了,何况整整有 10 英里的路,他们要找到这儿也要花上好些个小时,或许几天——有足够长的时间处理后续的事了。

执行这样的任务最重要的是要保证足够安全。其实刚才他大可在距离死者40码的地方进行射杀,但他宁愿选择再走一段路到20码处。而带走死者身上的手表跟钱夹子更是个极聪明的掩护——相当专业的手法。

他对自己的表现十分满意,带着愉悦的心情,轻抬摩托车,踢开撑脚架,灵活地跳上车,然后脚踩踏板启动车子。为防留下车子滑行的痕迹,他没有推车,而是慢慢加速回到了公路上。很快车速又回到了70英里,大风再次把他的脸吹得鼓起,像个空心大萝卜。

凶案地,森林四周,刚刚凝重压抑得无法呼吸的氛围渐渐消散,慢慢地又重新呼吸起来。

詹姆斯·邦德在富格享受着晚上的第一杯酒,酒纯度不高,没有什么酒劲。如同在法国咖啡店,一个人是没办法喝个痛快的,要痛快的话还是得到酒吧里头。他看了看外面的街道,倒没有看到可以畅饮伏特加,或威士忌,或杜松子酒的地方。来杯气泡水①喝着倒痛快,但味道一般,也就只能让人喝醉而已。能在午宴前喝一夸脱香槟酒或香槟橘子酒是很好的事,但在晚上就会一杯接着另一杯,最终一瓶寡淡无味的香槟会让你整个晚上都不太舒服。法国绿茵香酒或许是个不错的选择,但那玩意儿只适合聚会时喝,而且不管怎么样,邦德是不喜欢那玩意儿的,里头的干草味会勾起他儿时

---

① 气泡水:白兰地的一种饮用方法,三分之一干邑白兰地加上三分之二水,调成一杯气泡水。

的记忆。不，在咖啡馆，你不得不忍受菜单上那些毫无刺激性的乏味饮料，而邦德总是选择喝同一款美式鸡尾酒，做法简单，通常是烈酒金巴利或沁扎诺酒，然后切一大片柠檬，再兑上苏打水。至于苏打水，他向来要求用毕雷矿泉水①，在他看来加入优质苏打水是改善一杯劣质饮品的最经济有效的方法。

邦德在巴黎的时候，总是一成不变地要到那么几个地方去。他会住进特米诺斯诺德酒店，之所以喜欢这样的火车站旅社，是因为这些地方大多便宜实惠，便于藏匿又不引人注意。然后他要到和平、圆厅或罗姆咖啡馆吃午餐，那里的食物优质美味，他也可以自娱自乐，独自坐在那里观察过往的人们。倘若他想要喝个痛快，他就会到哈里酒吧，因为那儿酒味醇正，也因为那儿有他 16 岁初次闯荡巴黎的回忆。那时他在《大陆每日邮报》上看到哈里酒吧的广告，照着广告上说的那样，他告诉出租车司机"Sank Roo Doe Noo"②。生命中最难忘的一夜就在那里开始，然而那个夜晚却以失落告终，与此同时，失去的几乎还有他的童贞与钱包。至于晚餐，邦德会到一些好的餐厅，如维富、卡里顿、卢卡斯·卡尔东餐馆或金猪客栈之类的。米其林指南或其他的杂志广告或许会大肆推荐到银塔美食、马克西姆之类的高档餐厅，但邦德认为他选中的这些至少比较经济，而且菜式也正合他的口味。而晚饭后，他通常会选择前往皮加

---

① 毕雷矿泉水：商标名，法国南部产的一种纯天然气泡矿泉水。
② Sank Roo Doe Noo：酒吧地址，Rue Daunou 不标准的法语发音。

勒广场逛逛,去看看会有什么艳遇。但通常什么也不会发生,然后他便独自穿过巴黎区回旅馆睡觉。

今晚,邦德打算除旧布新,给自己找点新鲜刺激。在上一次奥地利和匈牙利边境的任务失败后,他现在途经巴黎准备回国。任务事关驱赶某个匈牙利人出境。那时邦德奉命越过军情五处直接指挥维也纳情报站的人员处理此项任务,为此他专程从伦敦出发。然而到了那儿,维也纳情报站里的人却不待见他。他就知道这里头定然存在一些误会,想必是有人从中作梗。结果那个匈牙利人在边境的布雷区送了性命。案子最后只能提交给军事调查法庭审讯裁决了。邦德次日便要返回伦敦总部提交他的报告。一想到这些他就感到万分沮丧。今天的天气这么好,好得几乎使你相信巴黎就是个美丽又有趣的地方,然而在邦德眼里它向来不是,不过现在他已经打定主意要多给这座城市一次机会。今晚他会以某种方式结识一个女人,一个真正有魅力的女人,然后他会邀请她到闹市的阿尔梅农维拉酒店之类的如梦如幻的浪漫地方共进晚餐。为了让她不要老想着钱(这种情况肯定会出现的),他会尽快地给她5万法郎。他会对她说:"我打算叫你杜南昕,或者是索兰,这个名字正好适合我的心情以及这个夜晚。我们从前就认识了,那时我窘迫困顿,你却仗义地借给了我一笔钱。现在我把钱还你,然后我们要好好聊聊,告诉彼此一年前在圣特鲁佩斯分别后都经历了些什么。同时,这份是餐单,这份是红酒单,你可一定要选些能让你吃着高兴之余还能长点肉的。"那时她定会什么也不想,放松下来,笑着对邦德说:"不过，詹姆斯，我可不想胖起来呢。"《巴黎之春》①的浪漫神话将从这里开始谱写，邦德会保持清醒，把所有兴致都放在女孩以及她的故事上。但是，倘若最后这个晚上，"巴黎美好时光"的古老神话繁华一场过后什么也没有留下，那也定不是邦德的错，他也只是听天由命罢了。

坐在富格，邦德等待着他的美式鸡尾酒，对自己脑海里狂暴的想法，心满意足地笑了。他知道他是唯一一个时常幻想着可以给这座城市最后一击，使其最终幻灭的人。确实，自战争以来他就真心不喜欢这座城市。自 1945 年后，只要在巴黎，他就没有一天舒畅过。并不是因为这座城市出卖了自己，实际上很多城市都已经这样做了，而是因为这座城市的灵魂已经不在，早已卖给了来来往往的游客，卖给了俄罗斯人、罗马尼亚人和保加利亚人，卖给了逐渐统治着它的那些道貌岸然的家伙。当然，也卖给了德国人。看看这里的人们，从他们眼里你看到的都是郁郁寡欢、羡慕嫉妒以及羞愧得无地自容的神色。至于建筑艺术，邦德瞥了一眼外头，街道上黑压压的一片，车马如龙，络绎不绝，一副暗无天日的景象。巴黎每个角落都跟香榭丽舍大街一个样，死板地复制仿照。你若想好好看清这个城市，只能抓紧早上 5 点至 7 点这段时间。否则，7 点一过，整座城市就会被雷鸣般的黑色金属噪音所吞没，所有辉煌建筑、宽敞空间、

---

① 《巴黎之春》：1935 年上映的美国电影，两个分别厌倦自己伴侣和生活的男人和女人，爬上了巴黎的埃菲尔铁塔想要自杀，却在塔上碰到对方，于是展开了一系列的故事。

林荫大道都被笼罩在其下。

　　服务生把托盘哗啦啦地往大理石桌上一放,单手把开瓶器往毕雷矿泉水瓶盖上一套,熟练地迅猛一拉(如此熟练的技巧连邦德也望尘莫及),砰一声,瓶盖就这样脱开瓶身。随后他抽走冰桶下的账单看了眼,向客人机械地重复道:"先生,齐全了。"便迈开脚步迅速离开。邦德把冰块放入饮品中,往里头倒满苏打水后,深深地呷了一口,往椅背一靠,点了一支劳伦斯香烟。他在感叹今晚又是倒霉的一夜。尽管他满怀期待可以在接下来的时间里找到一个他喜欢的女人,然而至今为止出现的女人大多打扮光鲜,却姿色平庸。那些女人大多经不住细看,仔细留意便会发现在你面前的其实是个肥胖、满脸油光、皮肤粗糙的法国中产阶级女人。在那顶俏皮的天鹅绒贝雷帽下的一头金发,实际上发根是褐色的,摸上去跟摸着钢丝一个样。她们薄荷味的呼吸也掩盖不了午餐时的一股大蒜味。那双看上去极具诱惑力的双手有可能刚刚煞费苦心地给一堆杂乱无章的电线与橡胶搭着支架。或许她会自称来自法国里尔,然后打探你是否来自美国。然后,邦德苦笑一番,没准儿,她,又或许那个靠她养活的小偷还会伺机偷走你的钱包。可不能重蹈覆辙! 他要回去了。也差不多了,就这样吧。好,回到那鬼地方一个人待着吧!

　　这时外头不远处的大道上,一辆黑色、破旧的法国标致403猛地从车流中冲出,强行穿过车流截入内侧线上的车道,硬生生地靠在了狭窄车道一旁。如同往常一般,道路上的刹车声、鸣响声和人们的叫喊声顿时此起彼伏。现在整条道路几乎都动弹不得,一个女人从车中走出,任由这交通现场自己慢慢疏通,她无暇顾及,快速朝着人行道走去。邦德一下子挺直了腰板。是她了,一个魅力十足的女人,这正是他梦寐以求的。她身材高挑,尽管整个身子都藏在轻便雨衣下,但她走动的姿势,她端庄的姿态,都可证明她风姿绰约。方才经过一轮激烈的驾驶,她精神饱满,一副大无畏的模样,然而现在她却抿着嘴显得有些不耐烦。只见她斜插入人行道,推开拥挤的人潮往邦德的方向走去,眼里全是焦急与不安。

邦德仔细地打量着她,只见她经过一排排桌子,来到了走廊上。想必没希望了,显然她是过来跟某人,准是跟她的爱人约会,现在她定是迟到了,才会这么匆忙。没错,她就是那种名花有主、可望不可即的女人。走了什么狗屎运,她就站在那个戴着俏皮贝雷帽、披着长长金发的女人旁!她正直直地盯着他,而且她在笑!

邦德还没来得及恢复镇定,那个女人已经走到他桌子前,抽出一张椅子坐了下来。

她的神情不再紧绷,整个人都放松了。她看着他一脸震惊的样子,笑着说:"很抱歉我迟到了,不过恐怕我们得立马离开这儿了。办公室那边让你过去一趟。"她低声加了一句,"急速下潜。"

邦德立马清醒过来。不管她是谁,定是"组织"派过来的。"急速下潜"是秘密情报局从潜艇部门借来的一句行话。这意味着情况不妙,最糟糕的情况发生了。邦德从口袋里掏出一些硬币扔在账单上,说了声:"好,走吧。"然后起身跟着她穿过一排排桌子,走到她的车旁。车子仍旧很碍眼地停在马路的内侧线上,阻塞着交通,而且随时都会有警察过来查处。在人们愤怒的注视下,他们匆忙上了车。女人离开时车子还没熄火,现在她瞬间用力踩下油门,一溜烟地驶上马路。

在车里，邦德欣赏着她的侧颜，白皙的皮肤像天鹅绒般柔滑，一头金色的头发，从发根到发梢都如丝般柔顺。他问道："你从哪里来的？发生什么事了？"

她双眼仍旧注视着路面，说："我从情报站来。目前是二级助理，工作代号765，名字是玛丽·安·拉塞尔。我也不太清楚发生了什么事。我只知道是总部的急电，由M局长亲自给站长的密电，十万火急。他说要立马联系到你，还表示需要的话可以让法国总参二局帮忙。F站长告诉我们，说你在巴黎的时候，总到那么几个地方，然后给了我跟另一个女孩一份地址清单。"她笑道，"我只去了哈里酒吧跟富格，准备到餐馆去找了。没想到这么快就找到你，我也觉得很神奇。"她快速瞄了他一眼，继续说道，"希望我的表现没有很失礼。"

邦德说："你表现得很好。不过要是我正跟一个女人一起，你打算怎么处理？"

她笑了起来，说："我想我会跟现在一样，只不过会多加句'长官'。我只担心你会怎么处置那个女孩。如果她歇斯底里地撒泼，我想我要亲自送她回家，而你要自己乘出租车过去了。"

"听上去你倒足智多谋。你来情报局多长时间了？"

"五年。这是我第一次到站里头工作。"

"感觉怎么样？"

"我很喜欢这些工作。不过就是晚上跟下班后的那段时间有点难熬，不知道怎么打发。在巴黎很难交到朋友，除非你……"她话音一转有点讥讽地继续说道，"噢，没有除非了。我的意思是，"她赶紧补充道，"我不是个假正经或墨守成规的人，但有时法国人确实会很没规矩。我指的是在地铁或公交车里头的那些人，不管什么时候，下车时我的后背总被撞得青一块紫一块的，现在我都不敢乘坐那些交通工具了。"她笑着继续说，"且不说这里的日子如何沉闷，或我不知如何跟这里的男人打交道的那些话了，他们夹到你的时候真的很疼。我再也受不了了。为了可以四处走走，我便买了这辆旧车代步，平常在路上，感觉其他车看到我这车都会离得远远的。我发现其实你只要无视其他司机的眼神，你就可以做得比他们还要狠。而一旦你狠起来，他们就会怕，怕你看不到他们，怕被这辆疯狗一般的车子撞上。然后他们会很自觉地让开一条宽敞的大道给你。"

现在他们到了圆形广场。似乎为了更好地阐明她的观点，她踩下油门加速沿环道行驶，随后逆道而行，向协和广场方向而来的车流冲了过去。奇迹般地，周围车辆都纷纷给她让道，让她顺利杀入马提翁街。

邦德说："好极了。但可不要养成这样的习惯。路上没准会有另一个法国玛丽·安之类的人，跟你一样牛气哄哄地横冲直撞。"

听到这话，她被逗得笑了起来。随后车子转进加布里埃大道，在秘密情报局的巴黎总站外停了下来，她解释道："我只在执行任务时采用那样的策略。"

邦德下了车，绕过车子，走到她那侧的车门旁，对她说："好了，谢谢你送我过来。等这一连串事情结束后，换我也接送你一回？我可不会夹痛你,我只是跟你一样对待在巴黎感到很厌烦。"

她那双深蓝的眼睛睁得大大地打量着他,随后很认真地说:"能有人做伴我很高兴。你打这里的电话总机,随时都能找到我。"

邦德把身子探进车窗,手按在方向盘上,对她说:"太好了。"然后转身快速地穿过入口处的拱门。

皇家空军中校雷拉特是秘密情报局 F 站的站长,是个脸色红润、梳着一头整齐卷发、体型富态的男人。他穿着体面,袖口翻边,双缝式的外衣,领口配着蝶形领结,外面还套着一件精致的马甲,给人一种他常年过着养尊处优生活,出入高级宴会,常与美酒佳肴为伴的印象。然而那双与其说是迟钝,倒不如说是狡猾的蓝色眼睛却轻易出卖了他。他抽着高卢烟,办公室被一股烟的恶臭味笼罩着。他轻松地跟邦德打了个招呼:"谁找到你的?"

"拉塞尔。在富格。她是新人?"

"她来这儿已经半年了,相当优秀的一个女人。先坐下吧,现在出了点状况,事情牵动着每个人的神经,我简单地跟你说一下,然后还要让你去跟进。"他低头按了一下对讲机的开关,讲道,"给 M 局长发电,谢谢。F 站长的私人密电,就说'007 已到达,正在介绍情况'。明白了?"随后他松下开关。

邦德在窗户旁拉了一张椅子,尽量靠着窗边坐下,想要远离那些烟雾。下面香榭丽舍大街上的车辆正慢慢地蠕动着,残喘声此起彼伏。半个小时前,他才对巴黎感到无比厌烦,希望赶紧离去,现在他倒希望能够留下来。

F 站长说:"昨天早上,从欧洲盟军最高司令部出发前往圣日耳曼情报站的通信兵在途中被杀。他背后中了一枪,公文包,还有身上的钱夹子和手表都被拿走了。公文包里装的都是每周从欧洲盟军最高司令部情报中心带来的情报汇总,联合情报文件以及战争时期的铁幕命令等资料,全都是绝密资料。"

邦德说道:"太不幸了。但有没有可能只是一场普通的拦截?或最高司令部认为钱夹子和手表是对方故弄玄虚设的障眼法?"

"最高司令部的安全部门也无法断定事情的性质。不过总的来说,他们认为对方是为了打掩护才拿走钱夹子和手表。否则在早上7点这个时间点拦截总归是不太正常的。但你可以去那儿跟他们一起厘清这件事。M局长已授权你代表他负责跟进这件事。他现在担心得不得了,除了丢掉了情报中心的伙计,M局长还担心,可以这么说,最高司令部的人从来不喜欢我们情报站在他们控制范围外独立行动。这么多年来,他们一直想要把圣日耳曼情报站整合进他们的情报系统。但M局长的个性你是知道的,这个向来独来独往的古板家伙又怎么会同意?更何况他一直跟北约安全部不合。为什么呢?就在最高司令部情报中心,那里不仅仅有两三个法国人和一个意大利人,就连他们的反间谍情报安全部的头头也是个德国人!"

邦德吃惊地吹了声口哨。

"现在问题是最高司令部拿这件鬼事逼M局长就范。不管怎么样,M局长让你必须立马赶到那儿去。我已经替你安排妥当,拿上通行证之类的直接过去就可以。到了以后,你要到施赖伯上校那儿报告,他是最高司令部安全部部长,是个美国人,一个行动高效的家伙。这件事从一开始他就在跟进了。据我所知,他已经做了很多工作。"

"他都做了哪些工作? 事情究竟是怎么发生的?"

站长从桌上拿起一张地图,走了过来。这是一张巴黎郊区全景地图。他用铅笔往上面一指,说:"这是凡尔赛,还有,这里刚好是公园北部,巴黎 – 芒特高速公路以及凡尔赛高速公路在这里交会。就在这里,N184 号公路北部几百码处,就是欧洲盟军最高司令部所在地。每周三的早上 7 点,特别行动部的通信兵就会带着我前面所说的情报信息从最高司令部出发。他必须到这个叫加福尔格的村庄,就在圣日耳曼外不远处,把物件送到我们情报站的执勤员手中,然后在 7 点 30 分返回司令部报告。由于安全上的一些缘故,他们不直接穿过这些建筑密集的地区,而是奉命走 N307 号公路前往圣诺姆,随后转右驶进 D98 号公路,在高速公路下直走穿过圣日耳曼森林。全程约 12 英里,如果按一般速度的话,走完这趟路程约 15 分钟。就在昨天,出勤的是皇家讯部队的一名下士,叫贝茨,是个很可靠认真的人,可到了 7 点 45 分他还没有回到司令部汇报,于是司令部派了另一个通信兵去找他。结果发现完全没有他的踪迹,而他也没有向我们总部汇报。8 点 15 分安全部就开始安排行动,9 点就已经设立好路障,他们通知了警察和总参二局,随后搜寻小组也出发了。最后是搜寻犬发现了他,那时已经差不多晚上 6 点了,倘若路上有任何线索,在那个时间点也早已被来往的车辆摩擦掉了。"站长把地图递给了邦德,自己走回到了座位上,"这就是关于这次事件的情况,还有一些例行资料,边境、港口、机场之类的,但那些资料用处不大。倘若犯案的是个内行人,中午前他就能带着物件出境,或在最短时间内躲进驻巴黎的大使馆,要找到他可不容易。"

邦德不耐烦地答道:"对啊!那 M 局长究竟要我做些什么呢?要我去告诉最高司令部再给点力,重新搜索排查一次看看有没有什么线索? 这不是我该做的事,完全在浪费我的时间。"

F 站长同情地笑了笑,解释道:"事实上,M 局长跟我密线通话时,我也是这么跟他提的。但其实他很聪明,他老人家心里头明镜一般,什么都知道。他说他就是想要证明给司令部看,在处理这些问题时,秘密情报局从不儿戏,跟他们同样严肃认真。M 局长说你有察觉隐形因素的能力,在这个节骨眼上你或多或少可以发挥点作用,看出点端倪来。我问他这是什么意思,他说总部的这么多防卫当中,必定存在着一个'隐形人',这个人所处的位置,是大家都不以为然而没有留意的,他或许是个园丁、门窗清洁工、邮差之类的。我表示司令部也这么想过,他们所有的工作都由在册人员负责,并无可疑。M 局长倒让我不要这么想当然地被套死。"

邦德笑了起来,他能想象 M 局长听到这些陈词滥调而皱起眉头时的表情。邦德说:"那好吧。那我去看看我能做些什么,我要向谁汇报我的工作呢?"

"汇报到我这儿就好。M 局长不想圣日耳曼部队的人员参与进来。你汇报的所有内容我都会直接转发给伦敦。考虑到我不一定随时都在,有时你或许会联系不上我,我给你指派了联络员,这样你就可以随时跟伦敦那边联系了。拉塞尔正好可以担任此职,她负责与你接应以及接送你。你怎么看?"

"好，非常好。"邦德表示。

雷拉特征用了拉塞尔那辆破旧的法国标致供邦德使用。现在邦德驾驶着她的车，车上可以感受到她的气息。车上放手套的小格子能窥见主人的一些小心思，里面有一小包祖哈德牛奶巧克力、拧皱的纸张里包着一些发夹、一本美国作家约翰·奥哈拉的平装本书籍，还有一只小山羊皮的黑色手套。邦德一路上都在想着她，不知不觉已经过了埃图瓦勒，他这才重新调整好思绪，踩下油门，加速穿过布瓦市。雷拉特说过时速 50 英里的话约 15 分钟便可到达。邦德表示自己会以 25 英里的时速驾驶，在 30 分钟后赶到，还让他转告施赖伯上校，自己会在 9 点 30 分抵达。过了圣克鲁城门，车辆有所减少，邦德在高速公路上保持时速 70 英里，直到公路右手边的第二个出口处出现通往司令部的红色箭头标志，他才减缓了车速拐入出口，转上斜坡进入 N184 公路。现在前方 200 码处，如同先前告知的那般，可以看到道路的中央有交通警察在执勤，他按照警察的手势慢慢驶入左边的大门，在第一个检查点停下了车子。一个身穿灰色制服的美国警察从安保亭里闲散地走了出来，看了一眼他的通行证，便让他拿好，朝前面驶去。现在轮到一个法国警察做登记了，他接过邦德的通行证放在自己的托板上，用笔在托板上夹着的铅印表格中记下了车辆通过的详细信息，随后给了邦德一个很大的挡风玻璃号码牌，挥手让他通过。当邦德进入停车场，很戏剧化的一幕出现了：他面前上百盏弧光灯在闪耀，照着低洼地的一大片临时军营房，这里就像是白天一样。邦德感觉自己好像赤裸裸地出现在众人面前，很不自在，便快步走过一路飘扬着北约国家旗帜的开放碎石路,一步踩四格地小跑进入欧洲盟军最高司令部入口的那扇宽敞的玻璃门。现在首先呈现在他面前的是安检台,美国和法国宪兵再次检查了他的通行证,登记了详细信息。随后他被移交至一名戴红帽的英国宪兵那里,由宪兵带路领着走过主要通道,经过无数的办公室。那些办公室的门上没有显示名字,用毫无规则、凌乱排列的字符来替代所有部门。其中一个上面写着"COMSTRIKFLTLANT AND SACLANT LIAISON TO SACEUR"。邦德问旁边的人那是什么意思。对方或者也不知道,又或许更多的是出于安全意识,冷冷地答道:"我也不清楚,长官。"

他们来到了门前标识着"总指挥,安全部长,G. A. 施赖伯上校"的一间办公室,房间里面出现了一位腰板挺得笔直、一头银发的中年美国人,他身上露着一副银行经理般礼貌却又傲慢的神态。桌上摆着几个银色相框,里面镶的都是家庭合照,还有一个花瓶里头插着一株白玫瑰。房间清爽,没有任何烟草味。他们热情地寒暄一番后,邦德赞扬了上校的安保措施,他说:"所有的例行检查以及复查都让敌方不容易招架啊。你先前是不是曾失窃,或发现过一些被偷袭过的迹象?"

"都不是,中校。我对总部的安全相当自信,让我担心的是其他单位。除了你们秘密情报局,我们在外头还跟其他单位合作,再加上十四个国家的内政部。其他机构部门我可不能保证他们可以做到万无一失,对于他们造成的疏忽,我可付不起任何责任,我只能尽可能地做到滴水不漏。"

"这项工作不容易啊,"邦德同意道,"现在,谈谈这个乱摊子吧。上次雷拉特中校跟你谈话后有什么最新的进展吗?"

"我们找到了子弹,是鲁格尔手枪的子弹。死者的脊椎被子弹击中,严重受创。我们估计凶手是在距死者约 30 码处的地方进行射杀,当然前后或许有 10 码距离的误差,但总归在这个范围内。假设我们的骑兵正骑着车在路上直线行驶,那么这颗子弹必须得从他身后相同的水平面处射出。因此杀手不可能站在路上,他必定是在车上或自己开着车,在车子移动的情况下进行射杀的。"

"这样的话骑兵从后视镜应该可以看到对方?"

"有可能。"

"如果你的骑兵发现自己被跟踪,他们得到过什么样的指示或接受过什么训练?"

上校轻轻地笑了下:"当然,他们要做的就是,逃,拼了命地逃。"

"那么骑兵的车撞毁的时候,车子的时速多少?"

"他们估计,不是很快。在 20 英里到 40 英里之间。你想到什么了,中校?"

"我在想,你已经认定这是个职业凶杀案或是个普通的凶杀案了吗? 如果你的骑兵并没有尝试逃脱,而我们假设他从后视镜看到了杀手,我想只有一个可能,就是他认定追踪他的人是他的朋友而不是敌人。这就意味着对方一定进行过伪装,使得自己的出现是合理的,哪怕在早上的那个时间点。"

施赖伯上校光洁的额头集聚了细纹,打起了皱。"中校",他的声音带着一丝紧张,"我们已经,当然,考虑过所有的可能性了,包括你提到的。昨日白天的时候司令已经采取紧急措施处理此案,专门成立了常设安全小组以及安全委员会,从那时起,就系统全面地把每个角落、每条潜在线索都挖了出来。我敢这么说,中校,"上校伸出他那双修剪得齐整的手,轻轻敲着他的吸墨纸本以示强调,说道,"任何人哪怕能想出与这次事件沾一点点边的想法,他的智商都堪比爱因斯坦了。没有任何,重复一次,没有任何,与这个案子相关的信息漏下。"

邦德一边怜悯地笑了下,一边站了起来说:"关于这个案子,上校,今晚我就不再浪费你的时间了。不过是否能给我一些迄今为止你们就此案子讨论的会议记录让我参考?或者可不可以找个人告诉我就餐或住宿的地方怎么走?……"

"当然,当然。"上校按了一下铃。一位年轻的、留着平头的助手走了进来。"普罗克特,带中校到 VIP 侧厅为他准备好的办公室,然后麻烦带他到酒吧和餐厅转转。"上校随后转过身,对邦德说,"我已经准备了一些资料,你休息过后就可以看看。资料就在我的办公室里。当然,可不能外带,里头什么资料都有,要是有什么缺漏的,普罗克特也会告诉你。"他伸出了他的手,最后道了句,"没问题吧?那我们明天早上再碰面。"

邦德道了声晚安就跟着助手出去了。一路上的走廊都是冷冰冰的油漆味,感觉不到任何生气。他想这或许是他碰到过的最不可能完成的任务了。倘若十四个国家的安全部门首脑都破不了这个案子,他独自一人又会有什么希望呢?晚上在斯巴达式豪华的旅客招待所里,躺在床上的邦德想着破案机会不大的话,倒不如好好把握时间尽可能地跟玛丽·安·拉塞尔多接触接触。想到这些他便打定主意要多逗留几日,拖到最后随便把这个烂摊子抛掉不了了之便是。主意已定,邦德很快就酣然入睡。

过后的两天,晨光渐渐笼罩圣日耳曼森林的时候,詹姆斯·邦德正躺在一棵橡树伸出的粗大枝干上,时刻观察着一小片林间空地。这块空地地势很低,就在树丛中,而树丛的旁边就是 D98 号公路,案发的那条公路。

邦德从头到脚一副伞兵装扮,身上的服装混杂着深绿、褐色还有黑色,很好地跟背后的树林融为一体。就连他的双手也被东西遮挡,还有整个头部也都被头巾覆盖,仅在眼睛和嘴巴上留有空隙。这是一次无懈可击的伪装,哪怕太阳升得再高,光线照得更烈,不管对方在哪个角落,甚至就在眼皮底下,也无法发现他。

事情是这样的。第一、第二天,他在司令部如料想的一样完全在浪费时间。除了反复强调复检的问题而让他变成一个相当不受欢迎的人外,邦德一无所获。第三天早上邦德正准备离开去告别时,他接到了上校的一个电话。"噢,中校,我想我要跟你说一下昨晚最后一批搜寻犬的搜寻情况,我们照你的提议把搜寻范围覆盖到整个森林了。但抱歉,"然而那声音听起来一点愧意都没有,"没有搜到任何东西,什么都没有搜到。"

"噢。都怪我,让大家浪费时间了。"反正不管说什么都会惹恼上校的,邦德干脆直接问道,"不介意的话,我是否可以跟负责搜寻犬的训导员谈一谈?"

"当然,当然。你想要做什么都可以。顺便提一句,中校,你计划在这里待多长时间呢? 我们当然希望你和我们在一起,想待多久就多久,可事关房间的问题。荷兰最近好像会过来举办一些大型活动,活动会持续一段时间呢。到时会有一些高级官员要招待,行政那边表示房间或许不太够。"

邦德从没有期待过会跟施赖伯上校和睦相处,事实上他们相处得确实不怎么样。他亲切地回复道:"我要看看我的上司怎么安排再回复你,上校。"

"悉听尊便。"上校的声音也相当有礼,但两人的态度早已昭然若揭,他们同时挂断了电话。

训导猎犬的主要负责人是一个来自郎德省的法国人。他有着一双偷猎者一样敏捷、狡猾的眼睛。邦德在养狗场见到了他,但他身旁有太多阿尔萨斯狗了,为了可以安静点,他把邦德带到了他的执勤室。那是一间很小的办公室,墙上的钉子上挂着一副双筒望远镜,而防水雨衣、长筒胶靴、狗套,还有其他杂七杂八的工具则堆放在墙角。办公室里有两张办公用的椅子、一张桌子。桌子上铺着圣日耳曼森林的大比例尺地形图,地图上用铅笔画出了方块区域。训导员在地图上用手势比画着,说道:"先生,我们的搜寻犬巡逻过这一带,什么也没有发现。"

"你的意思是它们有所遗漏?"邦德问道。

训导员挠了挠头,说:"里头的一些小东西让我们的搜寻工作变得有点困难,先生。这一带有一两只野兔出没,还有几个狐狸洞,这些都在干扰着我们的搜寻犬。还有我们的搜寻犬老往卡勒富尔皇家园旁边的空地上凑,我们花了好些时间让它们离开,可它们就是一直待在那儿。它们或许还在嗅着吉卜赛人的气味。"

"噢。"邦德略感兴趣地问,"在哪儿? 这些吉卜赛人都是做什么的?"

训导员用脏兮兮的手指轻巧地指着地图一处:"这些都是旧日皇室宗亲住的地方。这里是伊特莱尔和谐宫,这里是卡勒富尔家族行宫,正是案发地。还有这儿,三角位置的底部是卡勒富尔皇家园,这条路,"他神色夸张地补充道,"刚好跟案发地那条路相交。"他从口袋里拿出一支铅笔,在十字路下画了个圈,"这就是那块空地,先生。几乎整个冬天,吉卜赛人都在这里扎营。他们是上个月才离开的。全部东西都已经搬走了,但是,对于这些狗来说,那里留下的气味足以让它们嗅上个把月了。"

邦德向他致谢,在训导员的带领下他还看了一下那些搜寻犬,称赞了一番后,又请教了一些专业领域的问题方才告别。随后他开着那辆法国标致朝圣日耳曼的宪兵队驶去。是的,他们都知道这些吉卜赛人的存在。这些长着一副吉卜赛人模样的伙伴,他们几乎不会说法语,不跟当地人交谈,而一直以自己的方式与世隔绝地生活着。当然这样并没有什么不妥,他们向来如此生活。六个男人和两个女人,什么时候离开的呢? 没有人看到他们是什么时候离开的。一个早上,人们发现他们都已经不在了。他们或许已经走了一个星期,但又有谁知道呢? 毕竟他们先前生活的可是一块独立的空地,谁也没有留意过他们。

邦德驶入 D98 号公路穿过森林。当高速公路大桥出现在路前方约 400 米处时,邦德踩油门加速前进.随后关掉引擎,让车慢慢滑行到卡勒富尔皇家园前。他悄悄地停下车子并走下车,他自觉有点滑稽,但还是轻手轻脚地走入森林,小心谨慎地向着那片空地走去。他往树林走近 20 码,站在灌木丛的边缘,仔细观察着这片地。随后他走了进去,从头到尾检查了一遍。

这片空地有近两个网球场那样大,地上铺满了浓密的野草以及苔藓。山谷里有一块百合花丛,树下接壤之处,一簇簇野风信子零零散散。土地的一边是一块矮土丘,又或许是个坟墓,被浓密茂盛的荆棘和蔷薇环绕覆盖。邦德绕着这片土丘走去,留意着植物下方,然而除了鼓起的泥土,什么也看不出来。

最后邦德环顾四周,便走到了空地的一个或许是最靠近公路的角落。这是从森林到公路的一个便捷通道。这里就没有人走过的痕迹,叶子一点儿也没有被踩到过,更别说是吉卜赛人或去年郊游的人留下的什么东西。公路边,在两棵树之间有一条狭窄的过道。邦德随意地弯下腰去检查那些树干,似乎看到了什么,他身子一硬,随后蹲了下去。他用指尖小心地从树干上的泥土块中抠出了一小块银片。这时可以看到树干上银片嵌入的地方,藏着一条很深的刮痕。他用另一只空闲的手捡了块碎土,吐了口水把碎土弄湿后,把泥土抹平在刮痕上。他又细心观察了一下,发现一棵树干上有三处掩藏住的刮痕,而另一棵树干上则有四处。邦德快速走出树林回到公路上。他的车停在了高速公路大桥边的斜坡上。尽管高速公路上有其他车辆不停地来往,发出隆隆的声音给他做掩护,邦德仍旧推着车子直到刚好到桥底位置,才上车发动车子离开。

现在邦德回到了那片空地,在一棵橡树的粗枝上躺着,他仍不确定自己的预感是否正确。是 M 局长表示他有察觉能力的,倘若这算一种能力的话,提到吉卜赛人时,他才多了些考量。"搜寻犬闻到的是吉卜赛人的气味……几乎整个冬天……他们在上个月离开了……一个早上,人们发现他们全部都不见了。"看不见的因素,隐形的人。这些人在这里出现过这么多次,人们甚至不能确定他们是否曾经出现过。六个男人和两个女人,他们没有和这里的人说过一句话。极妙的掩护,好一个吉卜赛人。他们可以说是一个异域者又不是,只因吉卜赛人向来没有固定住所,他们坐在大篷车上,浪迹天涯,四处为家,无论他们出现在哪里都被视为理所当然。他们其中一些人已经从营地离开,有几个留了下来。整个冬天他们为自己打造了一个隐匿处,一个秘密地点,在那里对带着最高机密急件的通信兵进行首次袭击? 邦德先前一直以为自己只是天马行空胡乱猜测,直到他发现了刮痕,在两棵树上经过细心伪装的刮痕。而刮痕的高度正好跟自行车或摩托车脚踏板的位置相近,车子只要经过这里,脚踏板必定会刮到那个位置上。当然这或许只是邦德的凭空想象,但这对于他来说意义重大。现在唯一让他拿不准的是这些人只作案一次就收手,还是他们对自己的安保工作十分自信会顶风再次作案。他随后回到情报站讲解了自己接下来的计划安排。在那儿,他只信赖玛丽·安·拉塞尔,她也不断关切地叮嘱他要小心。而 F 站长给邦德提供了建设性的保障,他直接下令让圣日耳曼的下属参与进来共同合作。随后邦德向施赖伯上校告别,搬到了情报站提供的住所,就在一个不显眼的村子后街上的一个不显眼的旅店的一间无名小房,里面还有一张朴素的行军床。F站长还为邦德提供了全套伪装装备,此外还有四名秘密情报局人员都很乐意听从邦德的调配办事。他们意识到,倘若邦德这回把事情办妥,就能擦亮司令部所有安全机关的眼睛,那么秘密情报局就能获得极高荣誉,就可以直视司令部最高指挥官,这样 M 局长对于部门独立性的顾虑也就可以完全打消了。

现在邦德躺在橡树的粗枝上,嘴角不禁上扬。私家之军,私情之战。他们也不知从公家那儿抽走多少力量,引开了多少枪支火药,这些本该用到共同大业中针对共同敌人的。

6点30分,早餐时间到了。邦德小心翼翼地把右手伸进衣服里,掏出葡萄糖药丸,又把药丸缓缓地塞进头巾上嘴巴的缝隙处。他把药丸含在嘴里,尽可能地让其慢慢融化,然后再含上另一颗。与此同时,他眼也不眨地紧盯着那片空地。太阳透出第一丝光线的时候,一只红色的松鼠冒头了,它叼着山毛榉嫩枝一口一口痛痛快快地啃着,随后又小跑几步到土丘的蔷薇花丛旁,捡起了什么东西,用爪子前后研究一番开始啃了起来。草丛上两只鸽子叽叽喳喳地向彼此献着殷勤,然后笨拙地扑腾着翅膀相互表达爱恋。荆棘丛里,一对篱雀正忙碌着收集零碎的树枝慢慢搭建它们的家。另一边,一只肥大的画眉最终制服住一条虫子,正撑开脚拨弄着。距离邦德20码处下方的土丘上,一群蜜蜂正在蔷薇花丛里欢快地飞来飞去,不时嗡嗡地叫着,邦德感觉自己听到了夏日的声音。娇嫩的蔷薇花,溪谷上的百合花,鸟儿鸣叫,还有灿烂的阳光透过高大的树木投射出斑驳闪烁的道道绿光,这分明是一幅仙境图。邦德在早上

4点的时候爬到他的藏匿处,而此前他可从未如此近距离地、如此长时间地留意过漆黑夜晚到绚丽白天是如何过度的。霎时间他又突然感到自己傻乎乎的,现在可是随时都会有该死的鸟儿飞过来蹲坐在他的头上。

最开始是鸽子发现了异常。随着一阵哗啦声,它们扑腾翅膀起飞冲进了树丛。然后所有的鸟儿也跟着躲了起来,松鼠也顿时没了影踪。现在除了蜜蜂低沉的嗡嗡声,整块林间空地都安静了。是什么使鸽子惊慌了呢?邦德的心开始怦怦直跳。他的眼睛开始搜寻,一寸一寸地巡视着空地,想要探出个究竟。这时只见蔷薇花丛里有东西在移动。动作不大,却相当不寻常。那是一枝多刺的茎,慢慢地,一点一点,从蔷薇花丛中冒了出来,它异常笔直且相当粗大。它继续往上冒,直到底部完全暴露在花丛之上,方才停止。茎部的顶端是一枝独立的粉色蔷薇。在花丛之外,看着很不自然,但也只有亲眼看着它冒出来的人才会感觉到。倘若你只是随意一瞥,它顶多只是一根离群的花茎而已,并无异样。现在,悄悄地,蔷薇花的花瓣似乎在旋转并且舒展开来,黄色雌蕊牵引向一边,里面出现了一个玻璃镜片,在阳光照耀下闪烁着。镜片似乎直直地对着邦德,但慢慢地,慢慢地,这花的眼睛开始转动,它的茎部也继续转动,快速地把这块空地扫视一遍,直到镜头又重新对着邦德。似乎感到满意,花瓣轻轻地转了回来把眼睛盖住了,慢慢地,这枝独立开来的蔷薇又下降回到花丛中。

邦德猛地呼了一口气。他瞬间闭上了眼想要它们休息一下。吉卜赛人!如果那台机器可以说明些什么的话,在那个土丘里,在

27

地下的深处,隐藏的定是人类曾经打造的最为专业的留守间谍机构,远比英格兰准备在德国侵入后运作的任何机构都更为巧妙,也远比德国人自己在阿登高地留下的机构强得多。一阵几乎是恐惧的刺激与不祥之感使邦德背后一冷,全身打战。这么说他猜想得没错! 但下一步行动要做些什么呢?

现在土丘那边,传来一阵薄弱却高音调的呜呜声,那是电动摩托车高转速的声音。蔷薇花丛微微地颤抖着,蜜蜂纷纷飞开,在上空盘旋一阵,又重新回到花丛中。花丛中间的齿轮状裂缝慢慢地张开,现在花丛就像是一扇双开门,慢慢地朝两边移动。阴暗的洞穴逐渐扩宽,现在邦德可以看到花丛的根部都陷进了两边门道的泥土中。机器的呜呜声越来越响,只见门边闪出一道金边,就像是绑着铰链的复活蛋裂开两半。没过一会儿,蔷薇花丛渐渐伸展开了两半,上面的蜜蜂见惯不怪般仍旧环绕着花丛歌唱着。现在,洞穴里面隐藏在地底下的金属沉箱,以及花丛的根部,都暴露在阳光下了。在两扇门中央的阴暗洞穴里,闪着一道微弱的电子光线。摩托车的呜呜声已经停止了。一个人的头部跟肩膀往外头探了探,然后整个人出现在邦德的视线中。他轻轻地伏在地面上爬出来,警惕地四处扫视着这块空地。他的手中握着一把枪,正是鲁格尔手枪。意识到四处没有人,他对此感到相当满意,转过身往洞里打了个手势。这时第二个男人的头部、肩膀也露了出来。他把三双看起来像雪地鞋的东西递了上去,然后又钻下去消失在邦德视野中。第一个男人选了其中一双,跪下,把它们绑在自己的靴子上。现在他移动得更自由了,并且可以不留一点儿痕迹,草儿在那双带蹼的雪地鞋的踩踏下低头弯下了腰,立马又恢复了原状。邦德暗笑着,狡猾的东西!

第二个男人出现了,跟在他身后的是第三个男人。他们从洞里搬出一辆摩托车,随后扶稳车子,用安全织带把车绑在自己身上。同时刚刚出现的第一个男人(很明显是他们的头目),他跪下把雪地鞋绑在另外两个人的靴子下。随后,他们呈纵队穿过森林向公路移动。他们行走的方式相当诡异,在树影下轻快地大步前进,小心翼翼地依次抬起又放下自己那双带蹼的靴子。

邦德深深地松了一口气,缓缓地把头部靠在粗枝上放松一下紧张的颈部肌肉。原来刮痕是这么来的!现在最后一个疑惑也揭开了。那两个下属穿着灰色的套装,而他们的头目穿着的正是皇家通讯部队的制服,他的摩托车是一辆橄榄绿的 BSAM20,油箱上还印着一个英国军队注册号。难怪先前的通信兵会让杀手离自己这么近,却一点儿防范意识也没有。那么敌方是怎么处理获取到的这些绝密资料的呢?或者在晚上用无线电把重要信息传送出去。那根蔷薇花茎不仅仅是潜望镜,或许还会在晚上从花丛里升起来做天线。地底下的脚踏发电机则持续提供电源,以此发送高速密码组。会是怎样的密码呢?如果邦德能趁着敌方外出时将其一网打尽,或许在里面能挖掘敌方不少重量级机密信息。也正好可以利用这个机会把假信息发送给苏军总参谋部情报总局,背后黑手有可能就是他们!邦德的脑袋在快速运转着。

这时两个下属回来了。他们回到洞里,蔷薇花丛闭合起来,一切又恢复原貌。他们的头目和那辆摩托车或许就躲在公路边的灌木丛里。邦德看了一下表,6 点 55 分。肯定的!他在候着看有没有通信兵经过。他或许并不知道自己杀的那个骑兵执行的是一周一次的任务,但这个不太可能,他估计是知道的。又或者他在检验司令部会不会为了更安全,现在已经改变了路线。他们都是谨慎行事的人。或许他们的任务是尽量在夏天来临前多收集些信息,因为一旦到了夏天,就会有大量的游客来森林游玩。到时这些人只能撤离,到冬天再藏进去。谁知道他们的长期计划究竟是什么呢?但无疑的是,他们正在筹划另一场凶杀。

时间一点一滴过去。到了 7 点 10 分,敌方头目再次出现在邦德的视野当中。他躲在空地边的一棵大树下,吹了一声哨,哨声短促却又尖锐,像鸟儿发出的声音一般。蔷薇花丛随即打开,两位下属闻声也立马走了出来,转眼他们跟着头目走入了树林。两分钟后他们抬着摩托车回来,头目在仔细环顾四周确定没有留下任何痕迹后,跟着他们回到洞里,蔷薇花丛的两扇门也随之关上。

半个小时后,这块空地又重新活跃起来。又过了一个小时,太阳高升,投下的影子也随之移动,把一切照得更清晰明了。这时詹姆斯·邦德悄悄地移到粗枝后,轻柔地跳到荆棘丛后的一块带苔藓的空地上,无声无息地消失在森林中。

那天夜里,邦德例行给玛丽·安·拉塞尔打了电话,对方却暴跳如雷。她说:"你疯了。我不会让你这么做的。我要让站长致电给施赖伯上校,告诉他整件事。这是司令部的工作,不是你的。"

邦德厉声回应道:"你这么做是没用的。施赖伯上校会很高兴我明天早上可以伪装成通信兵去跑这一趟。眼下他需要知道这个。

他需要知道模拟犯罪现场的情况。他相当关心这个。实际上他觉得案子已经可以结了,就等这些了。现在,听我的话,做个乖女孩。只要把我的报告发给 M 局长就好。他会懂得我为什么要这么做,他不会反对的。"

"M 局长该死!你也该死!整个情报局都蠢得该死!"她气得简直要哭了,"你们就是一群孩子在玩印第安人的游戏。你还想要把这些事全揽了!这完全,完全是在卖弄你的本事。是的,完全是在卖弄!"

邦德开始变得不耐烦了,他严肃地说:"够了,玛丽·安。把我的报告打出来。很抱歉,但这是命令。"

对方的声音软了下来,说道:"哦,好的。你不用拿职位来打压我。你好好保重,不要受伤。至少你要让情报站的小伙伴们来帮忙处理一些事。祝你好运。"

"谢谢你,玛丽·安。明晚赏脸跟我吃个晚饭好吗?去一些比如说像阿尔芒翁维尔餐厅的地方,玫瑰香槟酒再加上吉尔赛小提琴伴奏,享受一下巴黎之春的美好日常。"

"好的,"她认真地说道,"我很乐意。但你可一定要小心,可以答应我吗?可以吗?"

"当然,我会的。不要担心。晚安。"

"晚安。"

借着晚上那点时间,邦德再一次精心打磨了他的计划,并给四位来自情报局的人员最后做了一次简述。

这又是一个晴朗明媚的日子。邦德,慵懒闲散地跨坐在那辆令人悸动的 BSAM20 上,等待着出发,他都几乎不敢相信在卡勒富尔皇家园不远处有埋伏正候着他。皇家通讯部的下士已经把一个空的公文包递给了邦德,正准备示意他出发。他看了看邦德说道:"您看上去就像是专为皇家部队而生的,长官。是时候来个面貌全新的改变了,我不得不说这身制服很合适您 。您感觉这辆车子怎么样,先生?"

"坐上去就像做梦一般。我都忘了骑这玩意儿有怎样的乐趣。"邦德感叹道。

"下回也让我试试那别致灵巧的奥斯汀 A40 跑车吧,长官。"下士看了一下他的手表说,"快 7 点整了。"然后他举起拇指,道了句,"出发。"

邦德把架在头顶的护目镜拉了下来,遮挡住眼睛,向下士挥了挥手,拧动油门,驶过门前的碎石路,穿过大门扬长而去。

下了 184 公路后,车子驶入 307 公路,穿过贝利和诺瓦西王,再穿过零散分布着很多村庄的圣诺姆。现在他马上要转右驶进 D98 号公路,又或者如同训导员称的那般驶入了死亡之路。邦德把车子驶到路旁的草丛边,再次检查了一遍他的长枪管柯尔特 45 手枪。他把炙热的枪放回原处,枪身正好抵住他的肚子,随后他松开夹克的纽扣。各就各位! 预备!

邦德急转弯,把车子的时速提到 50 英里。巴黎高速公路的高架桥赫然出现在眼前。高架桥下的隧道象敞开着的嘴巴,洞口幽深漆黑,车子一下子被其吞噬进去。排气管发出的噪音在隧道里轰鸣震耳,片刻还飘来一股冰冷潮湿的霉味。很快他又驶出,再次回到阳光下,随即车子穿过卡勒富尔皇家园。面前的柏油碎石路死寂般延绵 2 英里,在阳光照射下明晃晃的,笔直的道路通向一片魔幻般的森林,那里弥漫着叶子和露珠的阵阵芬芳气息。邦德把车子的时速降到 40 英里。左手边的后视镜伴随着车子的颠簸微微颤抖着。后视镜里除了一条一望无际的大路,以及林立两旁的排排树木向后飞去形成一道绿浪,什么也没有看到。完全没有杀手的影子。他们害怕了?还是碰到什么障碍了?可就在这时,后视镜中央出现了一个小黑点,小蚊子,逐渐变成苍蝇,然后是蜜蜂,然后是甲虫般大小。现在可以看到的是一个头盔伏在两个车把中央,而握住车把的正是两只黑色的大爪。他正朝前冲过来,天啊,他越来越快了!邦德的眼睛在后视镜和前方的公路间来回切换。当杀手把右手伸向他的枪时……

　　邦德车子开始减速,35 英里逐渐减缓到 20 英里。他瞥了一眼路前方,柏油碎石路路况良好,路面如金属般平滑。他最后又看了一眼后视镜,对方的右手已经离开车把。阳光照在杀手的护目镜上反着光,映衬在头盔下看着就像双巨型毒辣的眼睛。动手了!邦德急速刹车,使车身倾斜 45 度角向前滑行,同时关掉引擎。可邦德还没来得及拔枪,杀手就已经连发两枪,其中一粒子弹还射进了邦德大腿旁鞍上的弹簧里。但很快邦德的柯尔特手枪射出一粒子弹,杀手和他的 BSAM20,一下子如同被森林里的什么东西套住了一样,在路上狂转向,最后跃过路边的沟渠,车头撞到山毛榉的树干上。片刻工夫,杀手和那台车子便乱糟糟地瘫痪在宽大的树干脚下。然后，随着金属最后一声哐哐作响，他们向后仰，倒在了草丛上。

邦德下车，走了过去，那身橄榄绿卡其布已经扭曲得看不出形状，那堆钢制品正冒着浓烟。不用管子弹击中了哪个位置，也没必要再去探脉搏了，对方的头盔像个蛋壳，已碎了一地。邦德转过身，把枪塞回外衣下。这回运气不错。旗开得胜，好运定势不可挡。他回到路上，跳上车，掉了个头加速前行。

现在他把摩托车靠在森林中一棵伤痕累累的大树边，然后悄悄走到那片空地边。他躲在一棵粗壮的山毛榉下，舔了一下嘴唇，尽可能地模仿着杀手吹了声像鸟儿一样的口哨。他在那里等候着。难道口哨的声音不对？但就在那时，蔷薇花丛颤动起来，里面开始传出一阵微弱却高音调的呜呜声。邦德右手拇指勾着手枪旁的皮带，但愿不用再杀人了。两个下属似乎是没有武器在身的，事情顺利的话，他们会安分地走过来。

现在土丘那扇门打开了。从邦德的位置看过去，洞里的情况他看不到，然而不到几秒，第一个男人爬了上来，在绑着他的雪地靴，第二个人也紧跟其后。雪地靴！邦德的心跳慢了半拍。他居然忘了这个！它们一定藏在路边灌木丛的某个地方。真是个蠢货！他们会注意到吗？

两个男人慢慢向他走来，微妙小心地踏着步子。距离邦德20步左右时，走在前面的男人低声说了些什么，听着像是俄语。然而邦德没有回应，这时两个男人便停了下来。他们诧异地盯着他，似乎在等着回复暗号。邦德感到不妙，他立马抽出枪对准他们，弓着身子走过去，他晃了晃手上的枪，喊道："把手举起来。"站在前面的男人大声下了道命令,然后向邦德猛地扑去。与此同时,第二个男人则朝藏匿处冲了过去,可没跑几步,树林里传出一声枪响,他的右腿顿时弯了下来。情报局的人员纷纷从林间跳出,跑了过去。邦德单膝跪下,用他的枪管敲向面前扑向自己的男人。然而枪管刚碰到对方,对方用力一翻便把邦德压在身下,同时爪子向他眼部抓去。他连忙闪开,又用上勾拳打了过去,他右手趁机捉住对方的一只手,左手则用枪慢慢对着对方。邦德先前并不想杀掉对方,于是枪的保险也没开,现在他尝试用拇指把保险打开。不料对方抬脚一踢,正中他的头部,他的枪掉落在地,自己也向后跌倒在地。愤怒之中,他看到枪口正对着他的脸。一种不祥的预感涌上心头,他要完蛋了,因为仁慈导致自己完蛋了……

霎时间,对准他的枪口飞开了,面前的男人也从他身上弹开。随后邦德跪着站了起来。只见对方四肢张开地趴在他身旁的草地上,军装背部血迹斑斑,对方最后抖动了一下,便没了声息。邦德四处看了一下。情报局来的四个人正站在一起。邦德这时才解开头盔的绳带把头盔摘下,他揉着自己头部说道:"嗯,非常感谢。谁干的?"

四个男人面露尴尬,都没有回应。

邦德走向他们,疑惑地问道:"怎么了?"

就在这时邦德捕捉到男人们背后有东西在移动。一条腿露了出来,一位女士的腿。邦德立马大声笑了起来。几个男人也羞怯地露齿而笑,随后他们回头看着自己身后。玛丽·安·拉塞尔,穿着褐色的衬衫,黑色的牛仔裤,举起双手从他们身后走了出来。其中一只手还握着一支像是 22 号型的打靶手枪。她把手放了下来,把手枪塞到牛仔裤腰部位置,走到邦德跟前,不安地问道:"你不会责备任何人的,是吗?是我硬让他们带上我的。"她恳求的目光望着他,"还好我来了,真的。我的意思是,我刚好赶到你这边。而且很多人都会怕误伤到你而不敢开枪的。"

邦德看着她的眼睛,微笑着说:"如果你没有来,晚餐我或许就没办法赴约了。"他转过身对着那些同事有条不紊地说道,"好了。找个人把摩托车开回去,把要点向施赖伯上校报告一下。告诉他,我们待他的人员过来再一起进去看藏匿处。问他是否能带上两三个爆破专家,洞底下或许会有陷阱。没问题吧?"

邦德搂住了女人,说:"过来。我给你看一个鸟巢。"

"这是命令?"

"是的。"

最高机密

蜂鸟,也称鸟大夫,有人说它是牙买加最漂亮的鸟儿,也有人说它是世界上最漂亮的鸟儿。雄性蜂鸟约 9 英寸长,然而尾部已长达 7 英寸,两条长长的黑色羽毛弯弯地相互交叉,内侧形成扇面。其头部及头冠处均为黑色,双翼深绿,长喙鲜红,双眼黑黝黝的,明亮而率真。翠绿色的身体炫人眼目,尤其当阳光照射时,整个丛林最耀眼的无疑就是它。在牙买加,人们喜欢用不同的昵称来呼唤可爱的鸟儿。之所以称红嘴绶带蜂鸟为鸟大夫,是因为它们尾部的两根长羽毛就像是旧时医生的黑色燕尾服一样。

哈夫洛克太太对这两个家族的蜂鸟倾注了很多心血,自她嫁给哈夫洛克先生搬到康顿克地区以来,就一直看着它们,看着它们嗷嗷待哺,短兵相接,搭窝筑巢,交配繁衍。她现在已 50 岁开外,最开始她的婆婆把这两个家族最早的两对鸟儿分别称为皮拉摩斯、提斯

柏、达佛涅斯以及克洛伊,随后这两个家族的鸟儿一代接着一代,来
了又去,后续的子孙们也都继承了这几个姓氏。哈夫洛克夫人正在
宽敞、凉快的阳台里坐着,旁边摆放着一套极其讲究的茶具,她看着
皮拉摩斯,扑腾着翅膀,嘴里发出尖锐的嘶嘶声,向着达佛涅斯俯冲
过去,只因达佛涅斯刚刚吃完自己藏在那顶毛茸茸的日本帽子里头
的蜂蜜又偷偷地潜入皮拉摩斯的领地。两只小巧的鸟儿像墨绿色
的流星穿过那片草坪,在娇艳的叶子花和木槿花丛间追逐,最后一
起飞向那片柑橘园,消失在她的视线中。但很快它们就会飞回来。
实际上,在两个家族间,这样的追逐打闹已成了它们的乐趣。在这
个宽广、肥沃的花园里,蜂蜜是绝对供应充足的。

哈夫洛克太太放下她的茶杯,把一块鱼子酱三明治放到嘴里,
说道:"看着它们这样肆意追逐真让人心惊肉跳。"

哈夫洛克上校正看着《每日新闻》,抬头看了她一眼,问道:
"谁?"

"皮拉摩斯跟达佛涅斯。"

"噢,是的啊。"哈夫洛克上校敷衍道,心里只想着这名字确实
搞笑,他继续说道,"我觉得巴蒂斯塔①快要跑路了,卡斯特罗②仍在
不停地施加压力。今天早上巴克莱的小伙子告诉我,这个地方涌进
来一大笔钱。据说贝莱尔那个地方已经卖了出去,有人花 150 万英

---

① 巴蒂斯塔:1901—1973,古巴总统,后来被卡斯特罗领导的起
义军推翻。
② 卡斯特罗:古巴领导人,1976—2006 年在任。

镑买下的,整整一千英亩①,那里可都是牛蜱虫,那栋房子上也全是红蚁,到不了圣诞节肯定会被蛀倒! 听说某人买下了那栋恐怖的蓝湾旅馆又突然离开了。坊间甚至还有传闻吉米·法夸尔森的那块破地儿也找到买主卖了个好价格,我想或许那里的叶斑病和萎蔫病都痊愈了吧。"

"对尔苏拉来说倒是个好消息啊。她都几乎活不下去了,也怪可怜的。但我也不能说古巴人把这里的土地都买了是个好事。不过话说回来,蒂姆,他们哪来的钱啊?"

"非法勾当,非法集资,又或者挪用政府公款之类的。谁知道呢? 这个地方到处是穷凶极恶、干着非法勾当的人。他们肯定是想要把钱弄出古巴然后快速投资点什么,把钱洗干净。牙买加刚好是这么一块周转资金的地方。显然买下贝莱尔那块地的人前脚才刚把一箱子钱扔到房主那儿,他大概只会持有这块地一到两年,等风声没那么紧或者卡斯特罗攻进来,整顿好一切后,在合理的跌损范围内他又会把地卖出去,然后带着钱到其他地方去。有点儿可惜,贝莱尔过去也是有荣耀的。他们家族的哪个人还在意的话,或许还会买回来。"

"比尔的祖父在世的时候,这块地可足足有十英亩。普通人骑车绕着它可要整整三天才能走完呢。"

"比尔才不在意这些,我敢打赌他已经订了去伦敦的车。又一

---

① 英亩:英美制面积单位,一般在英国、美国等地区使用,1 英亩 = 4046.864 798 平方米。

个历史悠久的大家族要走了。很快,除了我们,所有人都会离开。谢天谢地,朱迪喜欢这里。"

哈夫洛克太太附和道:"是的啊,亲爱的。"她发着牢骚拉了下铃绳,想要人把这些茶具之类的清走。阿加莎,一个身材庞大的黑人妇女穿过红白相间的会客厅走了进来,她戴着旧式的白色头巾。这种头巾在牙买加地区已经过时,但在一些穷乡僻壤仍流行。她身后还跟着一个相当年轻的、来自玛利亚港的姑娘,这个姑娘有着四分之一黑人血统,叫菲儿普林斯,是培养用来协助阿加莎的女仆。哈夫洛克太太说道:"是时候装瓶了,阿加莎,今年的番石榴熟得早了些。"

阿加莎的神色有点异于往常,她回答道:"是的,太太。但我们的瓶子不太足够。"

"为什么呢? 去年我才给了你两打,那可是在亨里克斯市能找到的最好的瓶子了。"

"是的,太太。但其中五六个被砸……被砸烂了。"

"噢,亲爱的。怎么会这样呢?"

"这个我也说不上来。"阿加莎已经收拾好,手捧着银色的大碟子,她待在原地留意着哈夫洛克太太的脸色,看看对方有没有其他吩咐。

哈夫洛克太太在牙买加生活了大半辈子,她太清楚砸烂了是什么意思,也知道这事没必要深究下去。她也只能愉快地说道:"哦,没关系。下次我到金斯敦①，再多带点回来。"

"好的，太太。"阿加莎带着那个女孩回到房子里面去了。

哈夫洛克太太拿起了一块斜针绣品做起了针线活，她的手指机械熟练地动了起来。她的眼睛不时看向外头那顶毛茸茸的日本帽，留意着那两个小东西。是的，那两只雄鸟回来了，带着那优雅微翘的尾巴在花丛中徜徉。太阳正躺在地平线上，晚霞之下，目之所及，闪耀着一片片翡翠绿。一只蓝嘲鸫，在鸡蛋花丛上，开始了它的晚场表演。年幼的树蛙发出清脆的叮咚声，为这紫罗兰色的黄昏拉开了帷幕。

康顿克，占地2万英亩，位于美国波特兰市蓝山山脉最东部的蜡烛飞峰脚下的丘陵地带。是从前奥利弗·克伦威尔②赐给哈夫洛克家族的，作为其共同努力把国王查理一世送上断头台的一个奖赏。不像其他后来才移居过来的人，哈夫洛克家族可是经过三个世纪的风风雨雨，经过地震、台风的疯狂洗礼，经过可可粉、糖、柑橘、椰子等植物果粮的繁盛及萧条，而顽强支撑着这片种植场到现在的。现在这里盛产香蕉，果实累累，牧草丰盛、牛壮马肥，如今这里是整个岛上最富有、由个人运营得最好的私人产业。这所房子经多年的灾后修补或重建，现在混搭着各种风格，旧石基上正中处盖起

---

① 金斯敦：牙买加的首都。

② 奥利弗·克伦威尔：英国17世纪资产阶级革命的领袖、政治家和军事家，曾逼迫英国君主退位，解散国会，并转英国为资产阶级共和国。

了两层楼,红木梁柱,房子两边则有两个侧翼突出来,形成"凹"字形,缓缓倾斜的牙买加屋顶用银杉木盖板铺盖。哈夫洛克太太正坐在房屋凹处的阳台上,面朝着坡地花园,周围是广阔、绿浪滚滚的丛林,一直延伸至 20 英里远的海边。

哈夫洛克上校放下手上的报纸,说道:"我好像听到了车声。"

哈夫洛克太太语气坚决地说道:"如果是安东尼奥港来的那些讨厌的东西,你赶紧让他们走就是了。我受不了他们满嘴都是对英格兰的抱怨跟牢骚。上回他们走的时候全都喝得酩酊大醉,耽误那么长时间,我们吃饭的时候饭菜都凉了。"她赶紧站了起来,"我要赶紧告诉阿加莎,客人问起的话就说我得了偏头痛。"

这时阿加莎从会客厅走出来。她神色焦急,后面紧跟着三个男人。她匆忙说道:"从金斯敦来的先生想要见上校。"

其中为首的男人越过女仆走向前。他仍旧戴着帽子,一顶短边、圆冠阔边的巴拿马草帽。这时他方才脱下帽子,用左手捧在腹部前。日光灯照耀下,发油的头发以及笑起来的一嘴大白牙尤其明显。他走到哈夫洛克上校跟前,直直地伸出那双张开的大手,笑着说:"我是冈萨雷斯少校,从哈瓦那来。很高兴认识您,哈夫洛克上校。"

对方说话的口音倒像从牙买加出租司机嘴里挤出的美国口音。哈夫洛克上校不得不站了起来,他简单地碰了碰对方伸过来的手,顺便扫了一眼对方身后的两个男人。只见他们分别守在了门的两边,手提着热带地区专用的手提旅行袋,即泛美公司的夜宿旅行袋,看得出旅行袋很重。现在那两个男人同时弯腰,把旅行袋放在他们那两双微黄色的鞋子旁，又继续站得笔直了。他们戴着扁平白色的帽子，帽舌是透明绿的，灯光照射下，帽舌的影子刚好投射在他们的颧骨上。透过那绿色的影子，仍旧可以看出他们那双敏锐眼睛直直地盯着他们的少校，留意着他的一举一动。

"他们是我的助理。"冈萨雷斯少校介绍道。

哈夫洛克上校从口袋里拿出一个烟斗，并且点上。他那双蓝色的眼睛直直地打量着少校，笔直平整的衣服、整洁的鞋子，还有擦得发亮的指甲；另外两个人则穿着蓝色牛仔裤，还有卡吕普索舞①者的艳丽上衣。上校思索着怎么才能把这几个男人带到书房引到他的书桌旁，书桌最上面的抽屉里放着一支左轮手枪。他点燃了烟斗，在萦绕的烟雾中看着少校的眼睛跟嘴巴，问道："有何贵干？"

少校摊开了手，脸上仍旧挂着笑，他那双明亮、近乎金黄的眼睛流露着愉悦与友善，对哈夫洛克上校说："事关一桩生意，上校。我要向您介绍哈瓦那当地一位有声望、"他用右手挥了挥眼前的烟雾，继续说道，"有权势的绅士。他可是个相当和善的人。"冈萨雷斯少校提及此人时充满着敬意，"您会喜欢他的，上校。他让我向您转达他的问候与敬意，以及就您的房产询一下价。"

哈夫洛克太太此前一直站在一边礼貌地微笑着，留意着这里发生的状况，现在她走到了她的丈夫身旁。为了不让那个可怜的家伙难堪，她友善地说道："真难为情，少校。这边都是泥泞路，走过来肯定不容易。你的朋友应该先写信，或者向金斯敦或政府的人打听一

———————————

① 卡吕普索舞：加勒比地区的一种现代强节奏爵士舞。

43

下的。你看,我丈夫的家族在这里生活了将近三百多年。"她亲切地看着他,脸带歉意,继续说道,"我们从没有打算出售康顿克。我不知道你的那位德高望重的朋友是怎么打起这个主意的。"

冈萨雷斯少校向哈夫洛克太太微微地鞠了个躬,又笑着把脸转向哈夫洛克上校。仿佛哈夫洛克太太没有说过一句话,他对上校说:"我的朋友打探到这是牙买加最好的庄园。他为人最慷慨大方了,您尽管开个您觉得满意的价。"

哈夫洛克上校坚决地说:"方才我太太已经说了,这里不出售。"

冈萨雷斯少校开怀大笑起来,他摇了摇头,像在给一个愚钝的孩子做解释,他说:"您误会我了,上校。那位绅士看上了您在牙买加的这些产业,其他的他都不屑一顾呢。是这样的,他正好有一笔钱,一笔闲钱,想要投资,想要花在牙买加的房子上。他想要您这里的房子。"

哈夫洛克上校耐心解释道:"我没有误会,少校。还有我很抱歉让你浪费时间了。我有生之年,康顿克是决不会卖出的。现在,请见谅,我跟太太的晚饭时间一向都比较早,而且你还有很长的一段路要赶。"随即他顺着阳台往左边做了个手势,"来,这边离你的车子比较近,我带你过去。"

哈夫洛克朝阳台热切地迈开步子准备带路,却发现冈萨雷斯少校还站在那儿一动不动。上校也停下了,蓝色的眼睛开始冷峻起来。

冈萨雷斯少校的笑容逐渐消失,目光凝视着对方。尽管如此,

他的态度仍旧没变,和颜悦色地说道:"请等一下,上校。"他朝身后
简单地吩咐了一下。哈夫洛克夫妇均察觉到,伴随着那厉声简单的
吩咐,冈萨雷斯少校一直伪装的愉悦表情也随之消失了。这时哈夫
洛克太太开始有点不安了,下意识地往她先生处更靠近一些。那两
个男人提起地上的蓝色旅行袋走了过来。冈萨雷斯少校依次拉开
旅行袋的拉链,把袋子扒开。紧绷的链子顿时张开了,只见旅行袋
里满满地塞着一沓一沓崭新的美钞。冈萨雷斯少校张开他的双臂,
说:"全都是百元大钞,共 50 万美元。都是您的了,也就是说,整整
18 万英镑。不小的一笔钱。拿着这笔钱您到世界任何一个角落都
可以活得好好的,上校。没准我的那位朋友可以追加到 20 万英镑
凑个整数。一周内就有消息了。而我要的只是您在这张纸上签一
个名。剩下的律师会处理好。现在,上校,"少校胜券在握地微笑
着,"要不我们直接说'好',握个手合作愉快?然后钱留在这儿,我
们离开,而你们好好享用晚餐。"

现在哈夫洛克夫妇对面前的人有着同样的感觉,那就是愤怒与
厌恶。你可以想象哈夫洛克太太第二天跟别人讲这些事时的样子,
她会说:"粗俗谄媚的小人!他有两个肮脏的袋子,满满两大袋钱,
就在那儿自以为是!蒂姆很是了不起,他直接让那些家伙抄着那些
臭钱滚蛋。"

哈夫洛克上校不屑地撇了撇嘴,说道:"我以为我说得已经够清
楚了,少校。房子多少钱也不卖。对于美钞,我并不像其他人那么
饥渴。我现在请你离开,马上。"说罢,哈夫洛克上校把烟斗撂在桌
上,他仿佛随时都会卷起袖子准备打架。

头一遭,冈萨雷斯少校的笑容没了热情。他仍旧咧着嘴在笑,但是一副狰狞模样。那双明亮热切的金黄眼睛也瞬间变得像块生硬的黄铜。他柔声说道:"上校,是我没有说清楚,不是您。我的朋友跟我说过,假设您不接受他最慷慨仁慈的方案,我们还有其他方法可以采用。"

哈夫洛克太太感到一阵害怕,她紧紧地抓住丈夫的手臂。哈夫洛克上校把手搭在太太的手上面,以示安慰,紧绷着的嘴里吐出几个字:"请离开,少校。否则我要报警了。"

冈萨雷斯少校伸出了红红的舌尖舔了下嘴唇,厉声道:"那就是说您有生之年,房子都决不会卖,上校,这是您最后的决定?"他的右手伸向身后,轻轻打了一个响指。在他身后的两个男人迅速把手滑向衣服下的腰带上。他们那双嗜血的眼睛密切地留意着少校的手指,等待下一步指令。

哈夫洛克太太双手掩着嘴巴,显然吓了一跳。哈夫洛克上校想要说"是",然而他的嘴巴干涩得没能发出声来。他用力地吞了下口水。他不相信眼前的一切,认为这个粗俗低劣的古巴流氓必定是在故弄玄虚。他含糊地应了声:"是的。"

冈萨雷斯少校不以为然地点了点头,说:"这样的话,上校,我的朋友只能跟这块地产的下一个持有人——您的女儿进行谈判了。"

又一个响指后,冈萨雷斯少校站到了一边,给后边的人留下开火的空间。身后两个男人反应迅速,那双像猴子一般棕色粗糙的手从衣下伸了出来。如香肠般的邪恶金属块,嗖地射出,砰砰,一发接着一发,尽管面前的那对夫妇已经倒地,子弹仍旧不断。

冈萨雷斯少校弯腰检查了子弹的着落点,确保对方已毙。随后三个身材矮小的男人快速走入来时那个红白相间的会客厅,穿过配有红木梁柱的走廊后,踏出了那扇精致的大门。他们不慌不忙地跳上一辆黑色的标有牙买加车号牌的福特康索尔轿车。冈萨雷斯少校在前面开车,另外两个枪手则腰板挺直地坐在后排,车子从容不迫地驶入了那条长满王棕树的林荫大道。就在大道跟通往安东尼奥港的路的交界处,一根人为故意剪断的电话线悬挂在树木之间,乍看之下仿佛是条闪亮的树藤。冈萨雷斯少校开着车,小心且熟练地穿过坑坑洼洼的狭窄小道,直到车子上了沿海的公路,他才加大油门。离开犯罪现场20分钟后,他们来到了一个装运香蕉的小码头外围。他们把偷来的车停到路边的草丛,三个男人便下车穿过路灯稀疏、闪烁灰暗的主干道,走了约400米来到香蕉码头。一艘快艇正在水中候着他们,不停地排气冒泡。三个男人登上艇后,快艇嗖地一下冲出平静的水面,冲出这个曾被美国女诗人称赞为世界上最美的港口,扬长而去。快艇前行一段时间,现在把锚链抛到了一艘铮亮的50吨级别克里斯－克劳夫特号轮船上。船上有星条旗迎风飘扬,船边的两条柔软的深海鱼竿都可表明船上的人是来自金斯敦,也可能是蒙特哥海湾的游客。快艇上的三个男人丢弃快艇上了船。就在这时两只轻舟在船边打着圈儿,祈求着想要上船。冈萨雷斯少校见状掏出钱,往下分别扔了50美分,轻舟上的两个贫困潦倒的男人见到钱便立马跳入水中去捡。这时双缸柴油发动机运作起来发出断断续续的咆哮声,克里斯－克劳夫特号慢慢转过身,往蒂奇菲尔德酒店下的深水航道驶去。黎明时分,她将回到哈瓦那。先前渔夫们跟搬运工在码头看着她离去,估计还在继续着他们日常无休止的揣测,讨论着这又或许是哪位电影明星在牙买加度假呢。

另一边,太阳的最后一丝光线照进康顿克宽敞的阳台上,照得那摊红色的血闪着亮光。一只鸟大夫在走廊的栏杆上呼呼地拍打着翅膀,又盘旋在哈夫洛克太太的心脏上方,俯身注视。不,它可不吃这个。于是它又快活地飞走,回到木槿花丛中它的栖息处。

远处传来一辆小型跑车极速转弯的声音。倘若哈夫洛克太太在世,她一定会唠叨起来:"朱迪,我已经跟你说过很多次了,不要在转弯处开这么快,这样碎石全飞到草坪上,到时会把割草机弄坏的。"

一个月以后,伦敦。进入 10 月以来,整整一周都风和日丽,相当惬意,摄政公园的割草机哒哒作响,透过敞开的窗户传进了 M 局长的办公室里。那是电动割草机发出的声音,詹姆斯·邦德侧耳倾听,忆起从前那些旧机器发出的昏沉铁锈声,在他心里可是夏日里最令人心醉神迷的,可惜那样的声音早已从这世上消失,再也听不到了。今日的孩子们对那小小二冲程发动机发出的嗡嗡声响,喷出的芳草清香或许也会赞叹不已吧,如同旧日的自己那般。但不管怎么样,至少,割下来的草还是带着那股清香。

邦德还有时间在这里浮想联翩,只因为 M 局长似乎还没准备好说出他想要说的话。方才 M 局长问过邦德是否还有其他的事要忙,邦德愉快地回应没有,便一直在这里等待潘多拉的盒子向他打开。这里头定有些不妥,就在刚刚,M 局长居然称他为邦德,而不像往常那样唤他的代号——007。在工作时,这种情况并不常见。从M局长的语气态度看来,与其说他在命令要求,倒不如说他在请求,这回的任务想必更多的是私人任务。邦德还留意到,M局长神情有点冷淡,那双凌厉又清澈的灰色眼睛中,仿佛带着丝丝不安。再说,花3分钟来点着一支烟,时间确实有点长。

此前背对着桌子的M局长转动椅子面向桌前,紧接着一个火柴盒穿过红色皮革的桌面向邦德滑了过去。邦德接住火柴盒,然后轻轻地把盒子推向了桌子中央。M局长微微笑了下,他似乎已经准备好了,和善地说道:"邦德,你有想过在舰队里其实每个人都清楚知道自己要做什么,除了总司令吗?"

邦德皱了皱眉头,答道:"我倒没有想过这个问题,局长。不过我懂您的意思。其他的成员只需要执行任务,总司令是需要下达命令的人。我想您的意思也就是说最高指挥官其实是站在最孤独的位置上。"

M局长把烟斗转向一边,说道:"我也这么想。有些人注定要狠一点,有些人注定要做最终的决策。在海上如果你不能利索地向海军部发出指令,那你只配在陆地上执勤。一些人信奉宗教,他们把决定留给上帝。"从M局长的眼神中可以看出,他似乎在权衡些什么。他补充道:"过去在情报局,我也试过这样做,但上帝总是把球回抛给我——告诉我继续前进,告诉我要自己做决定。这终归是为我好,但就是太狠了。问题是,人们40岁以后很难这么坚韧不拔了。久经生活里各样困难、灾难、病痛的洗礼,最后会使你软下心肠。"他突然盯着邦德,问道,"你的韧性怎么样,邦德? 是啊,你还没到有危机的年纪。"

邦德不喜欢这些私人问题。他不知道该怎么回答,也不知道生活的真相是什么。他还没有太太或孩子,也没有经历过丧失亲人的悲痛。他没有试过与封建迷信为敌,也没有与病魔抗争过。他从前碰到的重重危机,向来不需要考虑这么多韧性之类的事,对于生命里的这些,他丝毫没有头绪。他迟疑了一下,答道:"我想我能经得住最严酷的考验,如果事情有必要且我觉得是正确的,局长。我的意思是,"他感觉这些词不太好,补充道,"如果是为了,呃,公平正义,局长。"现在他感到有点难堪,不该把球扔回给 M 局长的,他继续解释道,"当然要弄清楚什么是公平并不容易。但我想从情报局接到的那些并不愉快的任务我仍旧会努力去完成,为的一定是正义。"

"活见鬼了。"M 显出不耐烦的神色,"完全照搬我的话!你倒是全都倚赖我,自己从不负一丁点儿责任。"他用烟头指了指自己的胸部,继续说道,"我就是那个人。我就是那个必须明辨是非的人。"他眼里的怒气消散了,双唇冷峻地紧闭着,阴郁地说道,"好吧,既然这样,我想我总要付出代价的。总要有人来开这辆嗜血的战车。"M 局长把烟斗重新放回嘴巴,深深地吸了一口,缓解压力。

现在邦德对 M 局长有点歉意,他从没见过 M 局长用"嗜血"这么重的词,也从没有见过 M 局长在下属面前表现出丝毫不堪重负的迹象。当他为了接管秘密情报局放弃成为第五海务大臣的辉煌前景时,个人身上背负的重担,他也都没有显露过半分。现在,显然 M 局长遇到了难题。邦德在想究竟是什么呢?这一定不是安全问题。只要 M 局长能稍微摸清形势,世界任何地方、任何危险,他都敢犯险。这也一定不是政治问题。M 局长从来不关心政府内阁的问题,里面的人总是为一点小事神经兮兮的,他更从来没想过私底下接受首相的差遣。这或许是道德问题,又或许是私人问题。邦德问道:"有什么我可以帮到您的吗,局长?"

M 局长短促地看了邦德一眼,若有所思的样子,随后他转了一下椅子,这样他就看不到窗外高空云卷云舒,可以专注地思考了。他突然问道:"你还记得哈夫洛克那个案子吗?"

"我只在报纸上读过,局长。事关牙买加一对老夫妇。他们的女儿夜里回家,发现自己父母身上全是子弹。据说歹徒是从哈瓦那来的。女管家表示这之前有三个男人开车过来拜访,感觉像是古巴人。后来在码头附近发现他们的车子,经查实是偷来的。事发当晚还有一艘小快艇从当地码头驶出。印象中,警察没有捉到什么可疑的人。我只知道这些,局长。我也没有收到任何关于那件案子的电报。"

M 局长声音有点沙哑,干巴巴地说道:"你当然不会收到。这只是我个人留意到的案子,情报局并没有接手处理。"M 局长清了清嗓子,这种私事公办的行为确实让他有点负疚感,"只是我认识哈夫洛克夫妇。事实上,1925 年,在马耳他,我是他们婚礼上的伴郎。"

"我明白了,局长。事情很遗憾。"

M 局长立马接上:"他们都是好人。不管怎么样,我还是让 C 站密切留意这个案子了。他们在巴蒂斯塔那边没有打探到任何消息,不过我们从另一边,卡斯特罗那家伙那边倒找到了个可以提供情报的人。卡斯特罗的情报人员似乎渗入了政府的各个部门。几个星期前我才知道整件事情的缘由。其实一切都由一个叫哈默斯坦,又叫冯①·哈默斯坦的人指使。在这个盛产香蕉的共和国,有很多德国人隐秘地藏在其中,他们都是战后仓皇而逃,漏了网的纳粹党。哈默斯坦这个人原来是个盖世太保②,后来成为巴蒂斯塔反间谍中心的头目。他净干些敲诈、勒索、收取保护费之类的勾当,从中赚了一大笔。他本可以高枕无忧的,直到后来卡斯特罗的势力步步逼近。哈默斯坦成了第一批想要保全自己逃出去的人。他让他的其中一个官员参与进来,共同谋划,处理这些财富。那个军官叫冈萨雷斯,他身后跟着两个枪手随时保护他。他们先是到加勒比海附近走了一趟,然后开始把哈默斯坦的钱财转移出古巴,用来购置房产然后出租。他们只买最好的房子,且出的都是高价。毕竟哈默斯坦有的是钱。可当钱不起作用时,他通常会使用暴力,绑架个孩子,放火烧地之类的,反正就是无恶不作,让房产持有者害怕。唉,哈默斯坦定是听说哈夫洛克的房子是牙买加最好的房子,于是吩咐冈萨雷斯去拿下。我估计他也下令,如果对方不配合的话就把人干

---

① 冯:原文"von",译文采取音译"冯"。von 一般出现在名字中,如果你见到一个名字中有 von(往往译为冯或封),那么这个人或其祖先一定是有封地的贵族。

② 盖世太保:是德语"国家秘密警察"的意思,它在成立之初是一个秘密警察组织,后加入大量党卫队人员,一起实施"最终解决方案",屠杀无辜。

掉,让他的女儿知道点厉害。话说回来,他们的女儿现在估计有 25 岁左右了。我倒还从没有见过那姑娘。总之,事情就这么发生了,他们杀了哈夫洛克夫妇。然后两个星期前,巴蒂斯塔解雇了哈默斯坦,或许是听到一些风声,知道他干的一些事。我也不确定。但不管怎样,哈默斯坦带着他的钱和三个手下一起离开了。我只能说事情计划得刚刚好。倘若卡斯特罗顶着压力继续向前,这个冬天或许就能拿下这个地方了。"

邦德轻声问道:"他们去了哪儿?"

"美国。正好在佛蒙特州北部,与加拿大接壤。他们那类人都喜欢在靠近边境的地方活动。他们躲藏的地方叫回声湖,是从一个百万富翁那里租下的一个优质大牧场。从照片上看相当漂亮。他们藏在山里吃吃喝喝,山脚下正是这小湖环绕。他倒是帮自己选了块好地,不会被游客打扰,省下不少麻烦。"

"您是怎么掌握到这些信息的,局长?"

"我把整个案子的报告交给了埃德加·胡佛。我倒猜到了,他果然知道哈默斯坦。这些从迈阿密输送给卡斯特罗的军火走私案给他惹了不少麻烦。自他发现美国黑帮的一大笔钱相继投入哈瓦那的赌场开始,他就一直留意着那里。他告诉我,哈默斯坦跟他的同伙已经来到美国,持的是六个月的旅游签证。埃德加·胡佛很能帮忙。他问我得到的这些资料对案子有没有足够的帮助,是不是需要把这些罪犯引渡回牙买加审讯。我也跟这边的司法局长谈过,但他表示除非我们在哈瓦那找到确凿证据,否则能定罪的概率很渺茫。可我们根本没有办法。我们仅有的这些信息也是全靠卡斯特罗的情报中心才得到的。古巴官方更是不会伸出一点援手。接着胡佛表示可以帮忙撤销他们的签证,让他们重新再找地方躲着。我婉谢了他的好意,话题也就谈到了那里。"

M局长坐在那里沉默了片刻。他的烟斗已经熄火了,于是他又重新点燃了。他继续说道:"后来我想到可以跟我的一个朋友谈谈,他是加拿大皇家骑警总监。我用密线跟他通了话。他从来就没有让我失望过,他派出了一辆边境巡逻机,假装它在边境上迷了航,实则对回声湖进行了全方位的航空勘测。他还表示如果我有需要的话,他会全力配合。现在,"M局长慢慢地把椅子转了回来,正对着桌面,"我想我要采取下一步行动了。"

现在邦德总算明白M局长为什么感到为难了,为什么他想要找人替他做这个决定了。因为死者是他的朋友,里面掺杂了私人情感,也就是说M局长是为了私人感情而处理这个案子的。现在关键的时刻到了,要伸张正义,铲恶锄奸。但M局长在思考,这是正义,还是报复?法官在判决凶杀案时如果跟死者有交情,那么法官就该避嫌不处理此案。M局长想要其他人——邦德——来执行判决。邦德心里没有顾虑,他不认识哈夫洛克一家,也不在意他们是谁。哈默斯坦遵从弱肉强食的丛林法则杀害了一对手无寸铁的老夫妇。似乎没有其他的法则可以用来惩罚他了,只能以其人之道还治其人之身。正义也只能通过这样的途径伸张了。如果说这是报复,那这顶多是来自社会的报复。

邦德回复道:"我义无反顾,局长。如果这些外国歹徒发现自己做了这等事还能置之事外,他们定会以为我们英国人如同外头说的那般是个软柿子。这是一个需要粗暴执法的案子，理应以牙还牙，以暴制暴。"

M 局长继续看着邦德，他没有鼓励，也没有抗拒。

邦德说道："这些人不该被处以绞刑①，局长，理应把他们就地处决。"

M 局长的视线离开了邦德，过了片刻，他的眼神变得空洞，不知道在想些什么。随后他缓缓地摸向桌子左手边的第一个抽屉，拉开抽屉，从里面取出一份很薄的卷宗，卷宗上没有往常见到的标题横跨封面，也没有绝密红星标志。他把卷宗放到桌子正前方，随后他的手又探入那个开着的抽屉，在里面搜索。这回他取出一个橡皮章和一盒红印泥。M 局长打开印泥，把橡皮章往里一压，然后把图章挪到卷宗右上角灰色的摘要条处对齐，小心翼翼地往上面一盖。

现在 M 局长把图章和印泥都放回原处并且关上抽屉了。他把摘要条掉了个头正对着邦德，轻轻地推向桌子的另一边，推到邦德面前。

只见红色的无衬线体②文字，因刚刚印上，还没干透，写着：最高机密。

邦德什么也没问。他点了点头，拿起摘要条走出了房间。

———————————

① 绞刑：英国唯一的死刑方式历来都是绞刑。1969 年 12 月 18 日英国废除死刑。

② 无衬线体：西方国家的字母体系，分为两大字族：衬线体及无衬线体。通常文章正文使用易读性较佳的衬线体，而标题则采用较醒目的无衬线体。

　　两天后,邦德乘坐那架星期五彗星型客机前往蒙特利尔①。他不怎么喜欢这种飞机。飞机有时飞得过高、过快,而且这里的乘客也过多。他感叹从前在那架高空巡航机上的日子,那是一架别致、平稳的老式飞机,穿过大西洋全程达十个小时。在里面你可以安宁从容地进行晚餐,在舒适的床位上休息七个小时,准时起床还可以去下层舱走动走动,随后一边欣赏来自西半球的第一缕金灿灿的晨光涌进机舱,一边享用那份英国海外航空公司提供的让人觉得荒谬的超级豪华早餐。现在这里一切都太快了。乘务员工作量大,要提供所有服务,行动匆忙;而飞机从 4 万英尺的高空到下降数百英尺的时间里,只有两个小时让他们勉强地在颠簸动荡之中打个盹儿,之后又要匆匆忙忙地进行准备工作。离开伦敦仅仅八个小时,邦德便着陆,开着一辆从赫兹②租来的普利茅斯轿车行驶在渥太华的路上,其间还要不停地提醒自己这不是在英国,要记得靠右行驶。

　　加拿大皇家骑警总部设于渥太华,就在国会大厦旁的司法部门里。司法部如同加拿大大多数公共建筑一样,由大块大块的灰砖砌筑而成,耐得住漫长的严冬,看上去也老式、庄重。邦德按照 M 局长吩咐的那样,到前台报出了"詹姆斯先生"的名字,求见总监。面前的一位下士,年轻,面带稚气,看上去他并不喜欢在这么晴朗温暖的日子待在室内站岗,他领着邦德坐电梯上了三楼,在一间宽敞整

────────────

①　蒙特利尔:加拿大东南部港市。
②　赫兹:全球最大的汽车租赁公司,也是最为广泛使用的租车品牌。

洁的办公室里,他把邦德转交给一名中士。办公室里摆放着很多大件家具,还有两位女秘书。现在中士对着对讲机在说话,在等候的十来分钟里,邦德点了根烟,随手拿了本招募骑警的册子来看,里面把骑警队描绘得像是一个观光牧场,里头有至尊神探与歹徒斗智斗勇,也有与一代佳人①的浪漫故事。随后邦德被带到与所在办公室相通的另一个办公室。那里窗边站着一个男人,见邦德到来,他转身向邦德走来,他个头儿很高,蛮年轻的,深蓝色的西装,配着白色衬衫和黑色领带,看起来干净利落。"你是詹姆斯先生?"他脸上带着那种与生俱来的亲切的笑容,问道,"我是约翰斯上校,叫我,呃,约翰斯吧。"

他们握了握手。"这边请坐。总监让我转达他的歉意,很抱歉不能过来迎接你。他患了重伤风,你知道的,不太方便。"约翰斯上校看上去倒很愉快,继续说道,"他想还是放个假会比较好。我刚好可以过来帮忙。我先前自己去过一两次野外狩猎旅行,所以总监选了我来安排你的小假期。"上校停顿了一下,说,"由我来包办一切。好吧?"

邦德笑了下。显然总监很乐意帮忙,但他打算谨慎点处理,估计现在是不会回办公室了。邦德在想他定是个小心、警惕的人,便答道:"我明白。我在伦敦的朋友也不想麻烦总监亲自去处理这些。

---

① 至尊神探、一代佳人:原文 *Dick Tracy*,*Rose Marie*,是两部以片中主角命名的电影,中文译名分别为"至尊神探""一代佳人",均描绘警察与歹徒斗智斗勇,同时收获爱情的故事。

但我还没见过总监,也没跟他的总部打过任何交道,自然不必麻烦他这么多。我们能用英语①谈谈,十分钟就好,就两个人单独谈谈?"

约翰斯上校笑了起来:"当然。交代完那些,我正好也要跟你谈谈接下来的正事。你懂的,中校,我们可是在密谋一系列的犯罪,先是制造一张假的加拿大狩猎证,然后违反《边境法》,接下来可能犯下更严重的罪行。稍有不慎,对谁也没有好处。你懂我的意思?"

"我的朋友也是这么想的。我走出这里以后,我们就是陌生人,互不相识了。倘若最后我进了新新监狱②,那也是我的事。好了,下一步呢?"

约翰斯上校打开了桌子的一个抽屉,从里面拿出一个胀鼓鼓的卷宗。打开以后,那沓文档的最上面是一份清单。他用钢笔画着第一项,然后看着对面的邦德。他打量着邦德那身老式黑白相间的犬牙织纹粗呢西装,白衬衫配着黑领带,说道:"衣服。"他打开文件夹上的活页夹,取出一页文件,轻轻一推,纸张滑过桌面,来到邦德跟前,"这是一份清单,上面列的是一些我估计你可能用到的物品,还有一家很大的二手服装商店的地址。你可以去买点衣服,但不要高档显眼的,简简单单的就好,卡其衬衫、深棕色的牛仔裤、一双好的登山靴或登山鞋,总之穿上舒适就好。里头还有一个药剂师的地址,你可以去他那里买一加仑核桃着色剂,泡澡的时候加上,这可以

---

① 英语:加拿大官方语言为英语和法语,是个双语国家。
② 新新监狱:美国纽约州州立监狱。

染黑你的皮肤。这个季节,山上以棕色为主,你不会想要穿跳伞兵的迷彩服或带有气味的其他伪装服,对吧? 如果你被发现,就说是英国人,来加拿大打猎旅游的,但迷了路误入国境。还有枪。刚刚你等在这儿的时候,我已经下去放到你那台普利茅斯轿车的后备厢里了。是萨维奇 99F 系列的一款新枪,配备 6×62 韦斯比瞄准镜,5发弹匣,配 20 发 250 – 3000 高速子弹,重 6.6 磅,是市场上最轻的杠杆作用式大猎物狩猎枪。枪原来是我一个朋友的,如果最后能还回来自然好,但回不来他也不会在意。枪经过测试,发 500 枪完全没问题。还有持枪证。"约翰斯上校用笔轻轻画了一下,"是在本地照着你护照上的名字来办理发放的证件。狩猎许可证,名字跟持枪证的一样,但只针对小型猎物,一些小型害兽,现在可还没有到狩鹿的季节。至于驾照,我在赫兹那边已经帮你把驾照换成临时的了。背包、指南针,都是用过的,都放在你的后备厢。噢,对了,"约翰斯上校从头到尾扫了一遍他的清单,"你自己带枪了?"

"带了,一把瓦尔特刑警用枪,伯恩斯马丁枪套。"

"好,我这儿有一张空白证件,你把枪的编号给我。到时能还给我就再好不过了,不过我也已经编好了丢失的借口。"

邦德拿出枪,报出上面的编号。约翰斯上校把号码填上后,把证件一推,推到邦德面前。

"还有,地图。这是当地的埃索地图,能告诉你怎么走。"约翰斯上校起来,拿着地图来到邦德身边,在桌面上摊开了地图,"你先驶入 17 号公路回到蒙特利尔,过了圣安娜桥后进入 37 号公路,随后还要再过一道桥驶入 7 号公路。沿着 7 号公路一直往下走,就是派克河。随后进入 52 号公路,在斯坦布里奇处转右行驶一段路就可以看到费莱斯布尔格,你在那里把车子停在车库。一路都很顺畅的,整个行程不到五个小时,包括过一些停靠站。明白吗? 现在,这里就是你行动的地方。你要确保凌晨 3 点左右到达费莱斯布尔格,守门人在这个点迷迷糊糊,半梦半醒,哪怕你是个怪物他也不会注意到你。你这时就趁机从后备厢拿出工具,偷偷溜走。"约翰斯上校回到他的座位上,从文件夹里拿出两份文件。第一份是一小块用铅笔涂画过的地图,另一份是一小张航空勘测图。他看起来很严肃,慎重地跟邦德说:"听着,这是最危险的东西,我也只能仰仗你用完后或在有什么不幸时,立马把它毁掉。给你,"他把文件往桌子另一边推了过去,"这是禁令时期的一份旧的走私路线略图。现在已经没人走这条路线了,否则我不会给你。"上校苦笑道,"换作从前,路上你或许会碰到一些很角色从反方向过来,他们可不管三七二十一,见人就开枪。他们都是些罪犯、吸毒者、沦为奴隶的白人之类的,但现在,他们大多改走韦康特那条路线。而这条路线需要穿过德比路,过去专为一些走私者来往于富兰克林①和费莱斯布尔格之间而设的。你沿着这条山路一直走,绕过富兰克林,就进入格林山脉了。那里长满佛蒙特州云杉以及松树,还有一些枫树,荒无人烟,你隐居数月也没人发现。你就从这里过境,走过两条公路,你就离开伊诺斯堡福尔斯市,进入西部了。随后你越过一座陡峭的山脉,下来时就是你要到达的那个山谷的顶部。这里这个十字点就是回

---

①　富兰克林:加拿大西北地区的北部分区。

声湖,根据勘测图来看,最好从东边下去。明白吗?"

"要走多远? 有 10 英里?"

"10 英里半。从费莱斯布尔格出来,如果一切顺利的话,大概只要三个小时,也就是 6 点左右你就可以看到目的地,那时已经天亮,你可以看清路况,约一个小时便可以走过最后的那段路。"说罢,约翰斯上校把那方块的航空勘测图推了过去。邦德在伦敦见过这张图的全图,显然这是从中央位置裁下来的一块。里面可看到一排排由石头堆砌而成的低矮的房子,整齐地排列着。屋子顶部由石板铺盖,还有一个个漂亮的弓形窗,而屋前配有带顶盖的阳台。一条土路从前门经过,旁边有间车库,还有一间看起来像是狗屋;而另一边的花园,则有一个铺着石板的露台,露台以花木为边,露台之外便是两三亩修剪有序的草坪,与小湖相连。那湖显然是人工湖,周边筑着很深的石坝。石坝墙之外的岸边,有一组锻铁庭院家具,而石坝墙中间位置,有一个跳水板和可以走下湖里的阶梯。湖的不远处,树林高高地耸立在陡峭的山坡上。这就是约翰斯上校建议下山的方向。照片上没有一个人,但阳台前的石板路上,摆放着一套看上去很昂贵的铝制庭院家具,中间的一张玻璃桌上放着饮品。邦德想起伦敦的那幅大照片上,花园里还有个网球场,而道路的另一端,有整齐的白色栏杆,种马场里的马儿正在里头吃草。回声湖看上去更像是一个豪华的退休场所,远离城市的喧嚣,远离硝烟战争,它的主人定是个喜欢隐居,且仅靠着种马场及其他产物的偶尔出租就能抵消这些昂贵开支的一个百万富翁。对于曾在加勒比海有着十年水汽氤氲的政治生涯、现在需要重整旗鼓的人来说,这里确实是个极好的庇护所。同时这里的湖水也可以帮着他洗清那双染满鲜血的手。

约翰斯上校合上文件夹,把方才首页的铅印目录撕成碎片扔进了废纸篓。这时两个男人都站了起来。约翰斯上校把邦德领到门边,伸出了手,说道:"好吧,我想该说的都已经说了。我是真想跟你一起去。刚刚谈起这些倒让我想起了战争结束时我参与的一两个狙击任务。那时我在陆军中,在由蒙蒂将军领导的一支八人军队里听命。当时我们有任务在身,走的是阿登高地左侧的一条路线,跟你要去的那种地方差不多,只是周边的树不同。那时的日子紧张刺激,让人觉得惊心动魄。你也知道现在警察的这些工作是怎样的。大堆的文书报告要处理,时常担心掉了金饭碗,遇事也只想着明哲保身、躲得远远的。好吧,就说到这儿吧,再会,祝你好运。到时我也只能从报纸里知道事情的后续了,"他笑了一下,"无论事情结果如何。"

邦德向上校致谢并跟他握了握手。突然想到了最后一个问题,他问道:"顺便问一下,萨维奇步枪是单发还是双发的? 我或许没时间好好研究了,等到目标人物出现时,我就更没时间去检验测试了。"

"单发的,采用微力扳机。除非确认目标,否则手指离它远点。还有,尽可能在 300 米外开枪。这些人相当狡猾,不要离他们太近。"上校一手拉开门把,另一只手拍了拍邦德的肩膀,继续说道,"我们总监有一句这样的格言:'子弹能至,无须手刃。'你最好记一下。再会了,中校。"

For Your Eyes Only

　　蒙特利尔外的柯芝汽车旅馆,邦德预付了三天房费,整个晚上
以及次日大半天他都在里头待着。白天的时候,他研究了自己的装
备,试穿了在渥太华买的一双轻便的橡胶波纹登山靴。购置了一些
葡萄糖片、烟熏火腿还有面包,然后自己做了三明治。还买了一个
细口铝制的大烧瓶,往里头灌了四分之三的波本威士忌酒和四分之
一的咖啡。夜幕降临时,在吃过晚餐后他睡了一小会儿,随后稀释
了买来的核桃着色剂,从头到脚把自己仔仔细细抹个遍。从浴室出
来时,他看着就像是个有着蓝灰色眼睛的红种印第安人①。临近半
夜12点,他悄悄打开了侧门,溜进车室,钻进他那辆普利茅斯,往南
面的费莱斯布尔格驶去。

　　然而抵达费莱斯布尔格,进入那个通宵营业的车库时,邦德却
发现守门人并没有如约翰斯上校说的那般迷迷糊糊、半睡半醒。
　　对方问道:"是去狩猎吗,先生?"
　　在北美,一个简洁的招呼声可以包括很多意思。不同音调的
"哼""嗯"还有"嗨",还有"当然""我想也是""这样",还有"呸"等
词几乎可以表示所有的肯定跟否定。
　　邦德把步枪挂在肩上,说道:"嗯。"
　　"上周六有男人在海格特斯普林斯弄到了上等的海狸皮。"

_____

　　①　红种印第安人:印第安人的皮肤经常是红色的,以前曾称之
为红种人,后来才知道这些红色是由于习惯在面部涂红颜料所给人的
错误认识,现在已经不这么叫了。

邦德冷淡地回应道:"这样啊。"在交了两晚的停车费后,他走出了车库。现在距离城镇很远了,他停了下来观察路线,他只需沿着高速公路走100码,在右手边就能看到一条可以进入树林的小道。小道大概半个小时就能走完,最后他停在一间年久失修的农舍前。一只拴着铁链的狗开始狂叫,不过农舍里头没有亮灯,邦德赶紧绕过了农舍,随即发现了河边的小路。他要沿着河边小路走3英里。为了让狗停下来不再叫,他特意跨大步子快速离开。现在四周安静下来了,寂静的夜晚只剩下树木在耳鬓间私语。这是一个温和的晚上,天上挂着黄黄的圆月,月光轻柔地照射在稀疏的云杉丛中,就着月光邦德轻松地沿着小道疾走。脚下那双厚底登山靴弹性十足,也让他行走得更轻松,邦德再次调整好自己的气息。目前为止,一切顺利。大约凌晨4点,周边的树木开始变得稀疏,他借着右方富兰克林镇散射过来的光线很快穿过了一片旷野。随后他穿过一条二级柏油路,现在可以看到前面茂密树林里有条更宽敞的大路,而右手边的河流在月光照耀下波光粼粼。穿过美国境内的两条像黑色河流一样的108号和120号高速公路后已经是早上5点。而就在120号高速公路处,有一个指示牌,上面写道:距离伊诺斯堡福尔斯市1英里。现在只剩最后的冲刺了——一小段狩猎者必经的陡峭山路。走出高速公路后,他停了下来,调整好步枪跟背包后,点了一根烟按照嘱咐把那张素描地图烧掉。这时东方既白,森林里也开始骚动起来,传来一阵阵不知名的小鸟的刺耳、忧郁的叫声,还有一些小动物窸窸作响的声音。邦德仿佛看到面前这座山的另一端有个小山谷,小山谷底下有房子,透过窗户上的纯白轻纱,四个脸庞起着皱的男人在呼呼大睡。他还看到草坪上的点点露珠,还有初醒的小鱼儿在青铜色的湖水里荡起的一圈圈水纹。而在这里,山的另一端,正义之神正穿过山林跋涉而来。邦德关上了脑海里的画面,把剩下的烟头踩到地里,继续他的征途。

这是山丘还是山峰呢?多高的山丘才可以称为一座山峰呢?桦树林中的树干为什么是白花花的而不是其他颜色呢?但这看上去又是那么实用、珍贵。不过在美国最有意思的还数可爱的金花鼠以及美味的奶油炖牡蛎。傍晚的夜色其实并不是降下而是升起的。你坐在山顶上,看着太阳落入山的背后,夜幕徐徐从山谷升起,把你笼罩,把你笼罩……终会有一天鸟儿不会再害怕人类。人类捕杀小鸟作食已是一个世纪以前的事了,然而鸟儿对人类的恐惧却仍旧没有消散。领导佛蒙特州的格林山男孩①的那个伊森艾伦②是什么人?现在,在美国的汽车旅馆,他们打广告时都喜欢把房间里配套的伊森艾伦家具③作为一个极具吸引力的噱头来推广,这又是为什么呢?伊森艾伦是做家具的吗?话说回来,军靴也应该要用这样的橡胶鞋底。

邦德思绪万千,脑袋里净胡乱想着些风马牛不相及的事,他一

---

① 佛蒙特州的格林山男孩:几个美国人为了保护自己的土地,建立了名为"格林山男孩"的组织,并且对其中争夺土地者动用了私刑。

② 伊森艾伦:1738—1789,美国人。格林山男孩的其中一个发起人。

③ 伊森艾伦家具:美国一个家具品牌,设立于1932年。

边步伐坚定地向山顶迈进,另一边反复地尝试把那四个男人枕在白色枕头上呼呼大睡的画面从脑袋里磨掉。

山谷顶部在林木线下,因此邦德看不到山谷以下的景象。他停下脚步,随后选了一棵橡树,爬上去以后,他顺着树上一根往外生长的大树枝爬了过去。现在他可以看到山下全景了,目之所及,格林山脉绵延四方,旭日东升,金黄色的太阳发出耀眼光辉,下方2000英尺处一片长条带状的斜坡树林被宽广的草场拦腰截断,透过清晨的薄雾,可以隐隐约约看到那湖、那草坪、那房子。

邦德躺在树干上,看着初晨淡淡的黄光洒向山间。而15分钟后那缕阳光已掠过湖面,草坪看着闪耀透亮,屋顶潮湿的石板也泛着光。很快湖面的薄雾就消散了,整个目标区域,像洗涤过那般清新明朗,静静躺在那儿如同一个空旷的舞台等待他人登场。

邦德掏出望远镜,对好焦,然后缓缓移动镜身,全面仔细地侦察周边环境,一分一毫也不放过。他还侦察了下方的一块斜坡,测算着射击距离。草场边到阳台和露台大概500码,而到湖边跳水板则大概有300码,那是唯一一个视野开阔适合射击的地方,否则他就要下去穿过最后一条林带抵达湖边才能开火。这些人平常都在做些什么?活动规律又是怎样的?他们会去游泳吗?现在天气毕竟还暖和,应该会去吧。好吧,还有一整天时间。倘若到最后他们没有到湖边活动,邦德或许只能趁他们在阳台活动时,也就是在500码距离开外的地方下手。但他手上持的是一把性能并不熟知的步枪,成功的概率或许不大。或者他直接顺着草场过去到另一边候着?这是一块宽敞的草场,走过去的话大约有500码的路程,其间并没有任何掩护。如果要过去的话,最好要趁他们醒来前。可是他们早上几点起来呢?

似乎是在回答他,这时左边主楼的一扇小小的百叶窗缓缓地卷了起来。邦德甚至可以清楚地听到百叶窗卷到尽头时滚轴发出的咯哒声。回声湖!那是回声湖起的作用。那么回声是双向的吗?这边传出的声音,他们那边也会听到?他是否需要小心以免折断树干或嫩枝发出声响?或许不用,山谷里传出的声音会经湖水表面向上弹开。但他终究觉得还是小心为妙。

这时袅袅炊烟缓缓地从左手边的一个烟囱升起。邦德可以想到腌肉跟煎蛋马上就要下锅煎炸的情景,还有热咖啡沸腾的景象。他沿着树枝爬了回来,回到地面上。他要吃点东西了,然后抽根烟,再出发到狙击地去。

就在面包卡在喉咙的时候,邦德整个人紧绷了起来。他似乎已经听到萨维奇步枪怒吼的声音。他可以想象黑色子弹缓缓飞出,像一只蜜蜂慵懒闲散不紧不慢地飞入山谷,嗡嗡地冲着那块粉色皮肤飞去。发出轻微的撞击声后,皮肤凹了进去,裂开,随即立马闭合,只剩下一个小孔带着斑痕。子弹继续前进,不慌不忙,向着那跳动的心脏飞去。为了让子弹顺利通过,组织细胞、血管都会听话地让开通道。他要把子弹打到谁的身上呢?对方究竟对邦德做了什么?邦德低头若有所思地看着平常扣动扳机的手指。他缓缓地做着手指扣动扳机的动作,想象自己感受着那金属冰冷弯曲的线条。下意识地,他左手猛地伸向了烧瓶处,把瓶子送到嘴边,头往后一仰,大口地灌了起来。随即咖啡跟威士忌让他喉咙里像火烧一样。他盖

67

上瓶盖,等待着威士忌的暖流流入胃间。片刻过后,他慢慢地站起来,伸了个大大的懒腰,打了个哈欠,然后把地上的步枪拾起背到肩膀上。他仔细观察了四周,并做下标记以便原路返回,一切整理完毕后他慢慢地往下穿过树林。

现在林间已经没有什么路径,他必须留意着脚下的枯枝,慢慢往前走。树木越来越杂乱。在大片云杉及白桦丛中,偶尔可见一些橡树、山毛榉、梧桐,还有穿着秋装的枫叶,如同火焰般耀眼。脚下稀疏生长着发育不全的矮灌木,满地都是因飓风而落下的残枝。邦德小心翼翼地踏在满地枯叶以及长满苔藓的岩石上,行走过程中几乎没有发出任何声响。然而很快的,森林还是受到了惊扰,生人闯入的消息顿时四处传开。最先看到他的是一只身形庞大的雌鹿,它身后还跟着两只像小鹿斑比①般可爱的小鹿,但很快伴随着一阵惊慌的嘈杂声它们拔腿飞奔而逃。随后一只漂亮的红头啄木鸟俯身在他前面低飞盘旋,每次当邦德快要赶上它时,它都会发出刺耳的尖叫声;而且总会有一些金花鼠,它们站立起来,抬起头,鼻子不停往外嗅着这个陌生人的气味,随后又会惊慌失措地逃回它们的岩洞,嘴里发出的吱吱声仿佛能让整个树林布满恐惧感。邦德很想告诉它们不要害怕,背上的枪并不是用来对付它们的。动物每次的惊慌都让他担心,担心当他走到草场边时,会发现下边草坪上有个男人,留意到受惊的鸟儿从林间飞出,正用望远镜眺望着这边。

———————

① 小鹿斑比:是一部 1942 年上映的美国动画电影。主人公是一只善良、勇敢的小鹿。

但当他走到最后一棵大橡树后,看向那块横穿树林带的草场,还有湖,以及房子时,发现一切如初。房子里其余的百叶窗仍旧紧闭着,唯一活动的就是那缕缕炊烟,仍旧缓缓上升。

现在是早上 8 点。邦德凝视着草场对面的树丛,寻找着一棵可以做掩护埋伏的大树。他找到了,那是一棵粗大的枫树,树上的叶子黄褐、深红相交,灿烂闪耀着,那和他衣服的颜色正好匹配。树干也足够粗壮,而且它刚好耸立在整排云杉树后方。他站在里面的话,就可以清楚地观察他的目标区域了。邦德停在原地,计划着在布满野草和秋麒麟草的草场中,找到一条浓密茂盛的草丛通往目的地。他必须慢慢地匍匐前进。这时微风轻吹,拂过草场,扬起绿浪。倘若风能一直吹着,掩护他过草场该多好!

左上方不远处的树丛中,一根树枝突然断了,一声清脆声响之后,却再没有任何声音。邦德单膝跪地,竖耳倾听,想要知道发生了什么状况。就这样持续了整整 10 分钟,那一动不动的褐色影子投射到粗大的橡树干上。

动物跟小鸟是不会折断枯枝的。枯枝对于它们来说是危险的标志。小鸟从不会停落在易折的嫩枝上,哪怕一只长着鹿角和四条长腿的野鹿这样的大型动物,行走在森林中时也会小心巧妙地保持安静,除非它们受了惊吓。难道这些家伙在外头设了什么岗哨吗?邦德轻轻地把肩上的步枪拿了下来捧在手中,拇指扣在保险上,随时准备开火。倘若那些家伙还在睡觉,山上林间响起一声枪响,或许他们也仅仅会以为是猎人或其他偷猎者。但就在这个时候,两只小鹿从隐处跳了出来,慢腾腾地穿过草场往左边走去。它们还停了两次回头看，但每一次它们都只是低头啃几口草，然后继续前进，慢慢走向远处的灌木丛。它们不慌也不忙，优哉游哉地前进，显然树枝是它们踩断的。邦德顿时松了一口气。好了，这事到此为止吧。现在要穿过草场了。

在密集的草丛里隐秘地爬行 500 码是一件道阻且长的事。对于膝盖和手以及胳膊肘来说，地上蔓延的杂草以及各式的花茎，一步一步都烙着你的皮肤，让你感受到疼痛；此外扬起的灰尘和各类小昆虫会趁机钻进你的眼睛、鼻子，直入你的呼吸道。邦德需不时用手驱赶，还要慢慢加速爬行。庆幸的是，微风仍轻轻地吹拂着草丛，他伴随着起伏的浪潮前进，定然不会引起屋里人的注意。

倘若你从上方俯视下来的话，现在的邦德就如同一只大型的土居动物，一只海狸，又或者是只土拨鼠，在草场里往下方爬行。不，不会是海狸。海狸通常是一对对地行动，但也有可能是海狸——现在，草场的一处更高的位置，有东西，或有人，钻进了茂密的草丛中。在邦德后方更高处，第二拨浪潮涌进了这片绿浪。不管它是什么，看上去它最终会赶上邦德，然后两股浪潮会在下一个林木线汇聚。

邦德稳步向前爬行，偶尔暂停也只因要擦汗或抹走脸上的灰尘，又或要确认到枫树的路线是否有所偏离。当他几乎要爬到那棵枫树下，大概只有 20 码处，他停下躺了一会儿，按摩一下膝盖，放松一下腕关节，准备最后的冲刺。

他并没有听到什么可疑的声音，但当他左边仅仅 1 英尺处传来一阵令人毛骨悚然的微弱沙沙声时，他猛地把头转过去，颈部的椎骨因剧烈的转动响起了噼啪的声音。

"要敢动一动,我就杀了你!"这是一个女人的声音,但声音凶狠,说出的话让人不容置疑。

邦德直视着那根钢制的箭杆,心怦怦直跳。距离邦德约 18 英寸的地方,一支蓝色钢化三角棱从中穿出,现在正对着他的脑袋。

弓是从旁边草丛穿插过来的,弓面与草地平行。持弓者的棕色指关节,由于持弓拉弦过于用力,泛着淡淡白色。钢制箭杆从草丛的浪潮中冒出长长一截,闪着亮光,顺着箭杆望去,金属箭羽的背后,隐约可以看到两只凶狠的灰色眼睛,一张冷酷抿紧的嘴,被阳光晒得黝黑的脸庞上满是汗水。透过草丛,邦德只能看到这些。这究竟是谁呢?敌方的岗哨?邦德只觉口里干巴巴的,吞了口口水,然后暗地里缓缓移动他的右手,朝着腰带处他的枪探去。他轻声问道:"你究竟是谁?"

箭头朝着邦德抖了抖,火药味十足地以示威胁:"右手不要动,否则我的箭会刺穿你肩膀。你是这里的守卫?"

"不是。你是吗?"邦德反问道。

"不要装疯卖傻的。你在这儿做什么?"听得出她紧张的声音有所松懈,但仍旧强硬且带有防备性。邦德留意到她说话有一点口音,是什么口音呢,苏格兰?威尔士?

被那看起来极其致命的蓝色箭头对着感觉不太好,是时候要冷静下来好好应对。邦德故作轻松地说道:"把弓跟箭挪开,罗宾娜①。

---

① 罗宾娜:英国民间传说中有个英雄人物,是一位劫富济贫、行侠仗义的绿林英雄,名字叫罗宾汉·霍德。这里邦德故意把她叫成罗宾娜。

然后我好好告诉你。"

"你保证不动枪?"

"当然。但看在上帝的分上,让我们先离开这里吧。"不等对方回应,邦德手脚并用地再次向前爬了起来。现在他必须获得主动权,掌控局势。在这场枪战开始前,无论这个该死的人是谁,都先要快速稳妥地把她安置好。天啊,但现在似乎没有时间去仔细思考了!

邦德已经顺利抵达枫树那头,顺着树干他小心地站了起来,随即透过烈焰般的枫叶快速地扫了一遍下方。房子里的百叶窗大部分已经卷了起来。两个动作缓慢的黑人女仆正在阳台摆了一大桌早餐。果然没错,这棵树的位置确实是最佳的眺望处,湖面情况一览无余。邦德放下步枪和背包,背靠着树干坐下了。那个女人也从草地钻出,站在了枫树下。她与邦德保持着一定距离,手上仍旧举着弓,箭虽然仍旧不离弦,却没有拉紧。两人警惕地盯着对方。

那女人看起来像是个美丽却不修边幅、衣衫褴褛的德律阿德斯①。橄榄绿的衬衣跟长裤沾满了泥浆和染色剂,皱巴巴的,还有几处已经磨破了。淡金色的头发,为了能在草地中爬行而不被看到,特意用草场上的秋麒麟草绑了起来。美丽的脸庞野性十足,高

————————

① 德律阿德斯:是希腊神话中的林中女仙,专门掌管森林和树木的仙子。在希腊神话中,每个德律阿德斯都是和她所要看护的那棵树一同诞生的。她们通常住在树里,这时她们被称为树神,要么就住在那棵树附近。

颧骨下有一张宽厚且富有美感的嘴唇,银灰色的瞳孔里闪着倨傲的眼神。箭袋搭在她的左肩后,里面满满的金属箭羽冒了出来。除了弓箭以外,她只携带了一把猎刀,插在腰带上,而大腿另一侧则绑着一个小小的褐色帆布袋,里面大概装着她的干粮。她看起来就像一个美丽而危险的家伙,仿佛常年旅居荒野及丛林之中,对万物毫不惧怕。更像是一生孤独,漂泊游离于现代文明之外。

邦德觉得她很迷人。他微笑着看着她,友好地表示道:"我想你定是罗宾娜·霍德。我是詹姆斯·邦德……"他掏出烧酒瓶,扭开盖子,递了过去,说,"坐下,先喝点烈酒和咖啡。我还有一些干肉条。还是说你只喝露珠和吃野果子?"

她走近了一点,在离邦德1码处,坐了下来。她的坐姿像是个红种印第安人,双膝岔开,脚跷起压在另一条大腿处。她接过烧酒瓶,仰头,大口大口地往下灌,随后什么话也没有说,直接把瓶子还给了邦德。她脸上没有一丝笑容,勉强地说了声谢谢,然后把箭往后塞进了箭袋。她仔细打量着他,说道:"我猜你定是个偷猎者。狩鹿的季节还没到,要三个星期以后。你在这里找不到鹿的。它们在夜里只在低处走动。早上的话,要到高处,越高越好。你要是需要的话,我可以告诉你怎么走。那儿有很大的鹿群。今天虽然有点晚了,但你还可以赶上它们的。它们在这儿的逆风处。你好像很懂得潜行追踪的门道,一路过来你都没有发生什么声音。"

"你来这儿做什么,狩猎吗?让我看看你的证件。"

她的衬衣胸口处有个旧式方形口袋。没有任何防备,她从里面掏出其中一张白色纸张,递了过去。

证件是在佛蒙特州的柏林顿办理的,名字处写着朱迪·哈夫洛克,然后就是许可范围清单。"非居住居民狩猎"和"非居住居民持有弓箭"处均打了勾。交付给佛蒙特州首府蒙彼利埃鱼类及野生动物管理局的费用是 18 美元 50 美分。同时显示朱迪·哈夫洛克的年龄是 25 岁,出生地是牙买加。

全能的神啊,邦德心里一震。他把证件还了回去,现在他总算知道是怎么一回事了!顿时,他对面前这个女人既同情又佩服,他说道:"你是个了不起的女人,朱迪。从牙买加一路过来肯定不容易,你还打算用手上的弓箭亲自把他给办了。中国有一句古话'伤敌一千,自损八百',你是否有这个心理准备?还是说你觉得自己可以全身而退?"

朱迪盯着他,问道:"你是谁?你来这儿做什么?你都知道些什么?"

邦德想了想。现在的处境乱糟糟的,唯一的解决方法就是与她并肩作战了。真是活见鬼!他无可奈何地说道:"我已经告诉过你我的名字了。我是被伦敦,额,伦敦警察厅派来的。我知道你面临的所有麻烦,我来这儿就是为了帮你把麻烦解决掉的。我们在伦敦预测,这屋里的人,为了你的房子,估计马上要对你下手了,我们别无他法,只能派人过来阻止他们。"

女人苦涩地说:"我有一匹可爱的小马,帕洛米诺马。三周前被他们毒死了。他们还射杀了我的阿尔萨斯狗,我可是看着它长大的。后来他们给我寄了一封信,上面写道:'死神有很多只手,现在其中一只伸向你了。'我甚至都打算到报纸的个人专栏上发告示,想跟他们说:我投降,朱迪。后来我去了警察局,他们认为犯事的是古巴的人,除了向我提供保护,他们也没其他办法。为此我跑到古巴去了,住在最豪华的酒店,在赌场里大赌。"她微微一笑,"当时我穿的可不是这样的,我穿着我最好的礼服,戴着家族传承下来的高档珠宝。那里的男人都不断地讨好我,我也极尽谄媚地挑逗他们。我必须这么做。我假装自己是出来寻求刺激的大户人家的姑娘,想要出来看看黑社会以及一些真正的强盗之类的,借此向他们打探了不少情况。最后,我打探到这个男人。"她指了指远处下方的房子,继续说道,"他离开了古巴。巴蒂斯塔弄清了他的情况和犯下的罪行。同时他树敌很多。我打探到了他的很多事情,最后我碰到了一个男人,一个似乎级别很高的警察,又从他那里掌握到更多信息,在我……"她有些许犹豫并避开了邦德的眼睛,"在我讨好他之后。"她停了片刻,继续道,"于是我离开古巴去了美国。我从某处看到了平克顿私家侦探所的信息,然后找到他们,并付费让他们挖出这个男人的住处。"她把手掌放在了膝盖上,现在她的眼神带着无所畏惧的目光,"事情就是这样的。"

"你怎么来这里的?"邦德问道。

"我飞到柏林顿,然后徒步,走了四天。我登上了格林山脉,专挑没有人的小径走,我是走惯了这样的山路的,我们家就在牙买加的山上,那里比这儿可难走多了。那上头还有很多的人,农民之类的。这儿的人似乎都不走路,他们坐车出行。"

"你下一步要做什么?"

"我打算击毙冯·哈默斯坦,然后走回柏林顿。"她语调轻松,仿佛只是去摘一朵野花。

山谷下方传来了一些嘈杂的声音。邦德站起来，透过树枝快速扫了过去。三个男人和两个女人谈笑风生地走进了阳台，拉开椅子坐在桌子旁。桌子左边的首座，也就是两个女人座位的中间还没有人坐下，一张椅子空在那儿。邦德取出望远镜，重新看过去。只见那边的三个男人身材矮小，且皮肤黝黑。其中一个一直跟身边的女人说笑的男人，穿着最为整洁与时髦，或许是冈萨雷斯。其余两个看着一副贫农的模样，他们坐在长方桌的另一端，安安静静的，并没有参与旁人的对话。那两个女人皮肤黝黑，穿着亮丽的泳衣，身上佩戴着各式金饰，看上去像是古巴的廉价娼妓。她们在一旁喋喋不休，笑得花枝招展的，颇像两只猴儿。传过来的说话声那么清晰，林子里的人几乎听得一清二楚，只是他们讲的是西班牙语，邦德听不出个所以然来。

邦德感觉女人在向他靠近，在他身后不到1米的地方停住了。邦德把望远镜递了过去，讲解道："穿戴整齐的那个男人是冈萨雷斯少校。桌子尾部那两个是枪手。那些女人我就不清楚了。冯·哈默斯坦倒不在里面。"她拿着望远镜简单地眺望了一遍，一言不发地还给了邦德。邦德在想她是不是已经意识到，她刚刚看到的正是杀害她父母的凶手。

这时两个女人转过身子朝房子大门里面看去，其中一个朝里面大声唤了声，像是在打招呼。随即一个矮小、粗壮、几乎赤裸的男人从屋里走了出来，走到了阳光下。他默默地经过屋前的桌子向着石砌的露台边走去，然后面向草坪，进行了5分钟的晨起锻炼。

邦德仔细地打量了一下那个男人。他约5英尺4英寸高,有着一副拳击选手的宽厚肩膀和紧实臀部,但肚子却高高隆起。胸部跟肩胛骨处有一大块汗毛,手臂和双腿的毛发也相当浓密。相反,他的脸和头部却没有一点毛发,后脑勺处有一块淡黄的凹痕,或许是受过什么损伤或枪伤。面部骨骼像是传统的普鲁士军官,线条方正、硬朗、坚挺。但淡淡的眉毛下,那双眼睛距离很窄,一副贼贼的模样,嘴巴又宽又大,深红的嘴唇丰厚潮湿,看着很是恶心。他只围着一条黑色布条,布条比运动员的腰部支撑护带大不了多少,手上还戴着一只很大的金表。邦德把望远镜递了过去。他总算松了一口气,冯·哈默斯坦如同M局长卷宗上记载的那样让人觉得恶心。

当她俯视着那个她马上要杀死的男人时,她的嘴唇看起来冷峻,近乎残酷。邦德看着女人的脸,想着自己要怎么处置她呢?她的出现除了给他带来一串麻烦,还是一串麻烦。她或许还会打乱他的计划,而执意玩弄她那些小女人的弓箭游戏。他可冒不起任何风险。就这么决定吧,他心生一计,要先把她绑起来封住她的嘴,等一切结束以后再松绑。他下意识悄悄把手探向臀部去摸枪。

女人不经意地往后退了几步,弯下身子把望远镜放在地上,然后拿起她的弓,快速从背后的箭袋抽出一支箭,熟练地搭在弦上,对准邦德。这时她才抬头看着邦德,平静地说:"不要耍什么滑头,站远一点。我大老远跑来这里,不是为了到你这个笨拙的伦敦警察手上送死的。我的视角比常人广阔,50码处我也能百发百中,百米开外在飞的鸟儿我也击中过。我不想让我的箭刺穿你的腿,但如果你再耍滑头的话,我也没办法。"

邦德为先前的犹豫不决懊恼不已,他厉声道:"不要这么傻、这么天真了。放下那该死的玩意儿。这是男人的战争。你居然以为凭着你的弓和箭,就能把四个男人解决?"

女人眼中闪着倔强的目光,她右脚往后移了一小步,做好射击准备。她瘪着嘴,愤怒地吐出几句:"见鬼去吧。别多管闲事。他们杀的是我父亲跟母亲,不是你的。我已经在这儿埋伏了一天一夜。我知道他们的活动规律,我知道怎么拿下冯·哈默斯坦。其他人我不管,我只要拿下他。现在。"她把弓张开一半,箭头正对准邦德的脚,"你要是不照着我说的做,那我只能说抱歉了。不要以为我只是说说。这是我势必要处理的个人恩怨,谁也阻止不了。"她目中无人地仰了仰头,质问道,"明白了?"

邦德估量了当前的形势,感到沮丧。他上下打量着这个可笑却又迷人的野女子。这像是一款够呛的英式香料,腌制早期时掺进了辣椒,相当危险的混合品。她把自己调动起来,使自己处在了某种歇斯底里的状态中。他确信她会不顾后果地向自己下手,而他完全没有防卫的机会。不过她的武器是无声的,他的倒地会打草惊蛇,现在唯一的希望就是跟她合作了。给她分派好工作,剩余的他来处理。他平静地说:"听着,朱迪。如果你硬要参与这事,我们最好一起合作。这样事情或许能成,我们也能活着离开。这类事情我比较内行。实话告诉你,我是,是你父母的一位密友派过来的。我手上有合适的武器。射程至少是你的五倍。他们现在在阳台上,我原可以马上杀掉他。可是胜算不太大,还是等他们到湖边比较好。他们有些人已经换上泳衣之类的了,估计马上要下去游泳了。那时我再出手,你可以给我火力支援。"他迟疑地补充了一句,"这种帮助很重要。"

"不行。"她坚决地摇头,"很抱歉。你可以给我所谓的火力支援,如果你愿意的话。我不太介意你以什么方式提供。游泳的事你说得对。昨天上午大概 11 点,他们都下去游泳了。今天像昨天一样暖和,估计他们会再下去。我可以在湖畔的树林边把他干掉。昨晚我已经找到了一个好位置。那些枪手的枪都是随身携带的,看着像是某种冲锋枪。他们不下水,只在附近坐着放哨。我知道射杀冯·哈默斯坦的最佳时机,并且我还可以在他们意识到发生状况前离开。我跟你说,我早就有全盘计划了。现在,我不能再在这儿浪费时间了。我早该到我要到的位置上去了。很抱歉,除非你马上答应照我说的做,否则……"她把弓抬高了一点。

邦德心里骂道,这该死的婆娘。他生气地说,"那好吧。但我可以告诉你,事情完结以后,看我怎么收拾你。"他耸了耸肩,无奈地说,"去吧,我会看着其他人的。如果你事情办好了,你就回来这儿跟我碰面。否则,我就要下去收拾你的烂摊子。"

女人松开弓弦,面无表情地说道:"很高兴你能想明白。箭一旦发出是很难收回的。不用担心我。你使用望远镜的时候倒要小心点,注意不要让太阳射到镜面。"她朝邦德笑了笑,那是她取得最终胜利前给对手的简单、同情、却又沾沾自喜的微笑,随后她转身快速朝树林另一边蹿去。

邦德看着那个深绿色的轻盈的身体渐渐消失在树林中,然后不耐烦地捡起望远镜,回到他的最佳位置。让她见鬼去吧!要赶紧忘掉那个臭娘们,把注意力转移到工作上去了。有什么他本该可以做的其他处理这件事的方法？现在他听从吩咐在原地等待她发出第一炮。糟糕透顶！但如果他先开枪,也不知道那个娘们脑袋一热会做出些什么事情来。就在邦德的脑袋短暂地幻想着事情结束后要怎么处置那个女人时,屋子前有人在走动了,邦德把那疯狂的想法抛到一边,立马举起望远镜。

两个女仆已经把早餐之类的东西收拾干净了。那两个女人和枪手倒没了踪影。冯·哈默斯坦躺在那张铺满靠垫的长沙发上,看着报纸,偶尔跟脚边不远处的冈萨雷斯少校说上几句。冈萨雷斯两腿跨坐在铁制的圆椅上,身子侧在一边,抽着一根雪茄,手不时伸到嘴边,偶尔还吐出一些烟叶到地上。邦德听不清哈默斯坦在说些什么,但可以听得出他在用英语问话,而冈萨雷斯也用英语作答。邦德看了看表,10 点 30 分了。画面像静止了一样,下面还没有什么动静,邦德坐了下来,背靠着大树,和他的萨维奇步枪一起时刻留意着形势的变化。同时,他脑海里快速地转着,想着待会儿要怎么简单快速地行动。

邦德一点儿也不喜欢接下来要做的事情,从英格兰开始一路到现在,他不断地提醒自己这都是些什么样的人。杀害哈夫洛克夫妇的事尤其残酷,令人发指。冯·哈默斯坦跟他的枪手都是极其残暴的人,人人得而诛之。而这个女人要处理的,早已不仅仅是私人恩怨了。但对于邦德来说,事情倒不一样。在个人情绪上,他对他们没有任何抵触。这只是他的工作,就好像是防治虫鼠官员进行的灭鼠工作,而他是 M 局长派出代表这个社区的大众刽子手。从一方面来看,邦德说服自己,这些人可以说是国家的敌人,也就是最高司令部或秘密情报局的敌人。他们已经对大不列颠帝国的人们宣战,在大不列颠帝国的土地上挑起纷争,他们近期还谋划了其他袭击。邦德不停地寻找更多的借口来鼓舞自己。对了,他们还随意杀了这个女人的小马和小狗,杀害两个生灵如同消灭了两只苍蝇一样,他们——

山谷传来的自动武器的射击声让邦德立马站了起来。第二下枪声响起时,他的步枪已经提在手中准备好了。但伴随着刺耳的喧闹声,传入耳边的还有人的笑声跟掌声。砰的一声,一只翠鸟掉落在草坪上,躺在那胡乱地拍打着翅膀,一把碎碎的蓝灰色羽毛也随之缓缓地飘落下来。冲锋枪的枪口仍旧缓缓地冒出硝烟,冯·哈默斯坦赤脚走了几步,在一处停下,脚后跟使劲往地里蹍了几下。然后移开脚,在那堆羽毛旁的草丛上蹭了几下。其他人站在一边,欢呼大笑,拍手称赞,都在谄媚地讨好他。冯·哈默斯坦红红的嘴唇咧开在那里笑着,脸上尽是愉悦的神情。他对他们得意扬扬地说了一些话,邦德听到了"神枪手"这样的词。随后他把枪抛给了其中一个枪手,把手往自己肥大的臀部上擦了擦,又大声命令了那些女人几句,女人便匆匆地跑进房子里;随后,在其他人的簇拥下,他转身从容地朝草坪低处的湖边走去。这时两个女人从屋里跑了回来,每人手上都拿着一个空的香槟瓶。她们嘴里有说有笑,蹦蹦跳跳地在男人身后跟着。

邦德已经准备好了。他把望远镜瞄准器卡在萨维奇的枪管上,背靠着树干,左手搭在树上一个凸起的疙瘩上作为支架,标尺定在三百米,对准着湖边那群人。然后,他提着步枪,稍作放松地倚着树干,静观其变。

下面的两个枪手似乎在进行着某种射击竞赛。他们咔嚓一声拉上套筒,让子弹上膛,照冈萨雷斯的吩咐站到水坝的石板墙前,两人分别站在跳水板两边,距离20英尺。他们背对着湖水,面朝草坪,做好开枪准备。

冯·哈默斯坦站在草坪边上,一只手拎着一只香槟瓶。两个女人站在他身后,双手捂着耳朵。她们兴奋又紧张地讲着西班牙语,时常发出一阵大笑,可是两个枪手却表情凌厉,专注于接下来的比赛,没有参与其中。

冯·哈默斯坦大喊了声预备,周边顿时安静下来。他把两只手臂朝后摆,"一……二……",数到第三声时,他使劲把手上的香槟瓶抛向湖水中,瓶子在空中飞出了两条曲线。

两个枪手像牵线木偶般迅速转身,站稳的瞬间即刻开枪射击。一道道枪声如雷鸣般划过这个静寂的空间,也打破了水的宁静。鸟儿从树林里惊慌失措地飞出,扑腾着翅膀叽叽喳喳尖叫着,树上的一些细枝被子弹击断,纷纷掉到湖水中。左边的瓶子被子弹击中,顿时在空中支离破碎;而右边的,只被一颗子弹击中,破成了两半,落入湖中溅起层层浪花。显然,左边的枪手赢了。烟雾渐渐笼罩着两人,又飘过草坪逐渐消散。震荡的回音也渐渐趋于平静。两个枪手沿着石墙走到草地上,走在后面的那个看起来十分沮丧,而前面的则咧着嘴狡黠地在笑。这时冯·哈默斯坦把两个女人唤到跟前。两个女人噘着嘴,不乐意地拖沓着脚步向他走去。冯·哈默斯坦在那边说了些话,随即问了胜利者一个问题。只见胜利者朝着左边的女人点点头。那女人不高兴地回瞪他一眼。冈萨雷斯和冯·哈默斯坦顿时大笑起来。冯·哈默斯坦拉过那个女人,像是拍着一头奶牛似的拍了几下她的臀部,然后对女人说了几句话,邦德倒听到了"就一晚"几个字。女人抬头看了看他,顺从地点了点头。随后人群都散开了。或许在躲避那个得到奖励的男人,被点名的女人匆匆忙忙跑到湖边跳进了湖里,另一个女人也紧随其后跳了下去。她们相互嬉笑着在湖里慢慢游开。冈萨雷斯少校坐在草地上,脱掉的外套放在了旁边。他身上戴着腋下枪套,里面插着一支中口径自动手枪。他正看着冯·哈默斯坦,对方刚摘下自己的手表沿着石坝墙走向跳水板。另一边的两个枪手也回到了湖边,他们手架着枪,一边留意着冯·哈默斯坦的举动,一边瞄向那两个女人,她们在湖水中央冒出了头,正朝着湖对岸游去。两个枪手会不时留意花园的四周或房子那边,看看有什么异常。邦德不禁感叹,冯·哈默斯坦用尽各种办法采取了全方位的保护措施,难怪他能活这么久。

现在冯·哈默斯坦已经走上了跳水板,他走到跳水板尽头,低头环顾了水面。邦德立马紧张起来,手指扳动了保险,紧张地注视着,随时要开枪。他的手指在扳机上蠢蠢欲动。该死的,她还在等什么呢?

冯·哈默斯坦已经准备好了。他膝盖稍微弯曲,双臂向后摆。微风轻吹,水面轻轻荡漾起阵阵涟漪,透过镜头,邦德几乎可以看到对方肩胛骨上厚厚的毛发在微风中抖动。现在,只见远处的人儿双臂往前摆,瞬间,他的双脚离开台面,往上一跃,就在那么一刹那,一道银光闪到他的背后,冯·哈默斯坦的身体就这样利索地掉入水中。

冈萨雷斯站了起来,疑惑地看着这水面上激起的重重水花。他不确定自己是不是看到了些什么。他张大嘴巴,在那儿静静地等待着。另一边的两个枪手则确定情况异常,他们已经做好开枪的准备。他们蹲伏着,眼睛在冈萨雷斯与石坝后的树林间来回扫视,同时等待着命令。

慢慢地,水面的动荡逐渐平息,只剩一圈圈波纹在水面扩散开。好像什么事都没有发生过一样。

另一边邦德嗓子干得冒烟,下意识地舔了下嘴唇,用望远镜不停地搜索着湖面。实际上湖下有粉色微光,正晃晃荡荡地浮上水面,而冒出水面的正是冯·哈默斯坦的尸体。他头部朝下,在水中轻轻地晃荡着。一支箭杆正刺穿左边肩胛骨,箭身冒出水面的部分约1英尺长,箭杆尾部铝制的箭羽在阳光照射下闪着亮光。

冈萨雷斯少校一声令下,两只冲锋枪怒火燃烧,咆哮着火力全开。邦德可以听到一颗颗子弹在他下方的林间狂扫,他手持萨维奇步枪护在自己胸前,迅速发出一枪,右边的枪手便慢慢倒下。现在另一个枪手奋力向湖这边的林带跑来,手上的枪爆发出一阵阵狂扫。邦德开了一枪,但没打中,接着再开了一枪。这时前面枪手的腿弯了下来,但仍旧惯性地朝前踉跄了几下,随后跌向水中,紧扣扳机的手指仍旧在开火,子弹向着空中漫无目的地乱窜,直到流水把推动装置淹盖才停了下来。

子弹发射的间隙给了冈萨雷斯少校一个机会。他趁机跑到了第一个枪手尸体的背后,用自己的冲锋枪朝着邦德全面开火。不论他是看到邦德了,还是看到萨维奇步枪射击时发出的火光,他确实干得漂亮。子弹射进了枫树,树上的碎木片弹到邦德的脸上。邦德这时连开两枪,却只打到死去的枪手身上,尸体条件反射地动弹了几下。位置太低了!邦德再次给枪上膛重新瞄准目标,一根折断的树枝落到他的枪前,他用枪把它拨开。而就在这时,冈萨雷斯迅速站起冲到了花园那堆家具中间,用力推倒那张铁桌,躲到铁桌后。邦德穷追不舍连射两枪,却只铲起了冈萨雷斯脚后跟旁边的几块草皮。有了铁桌作有力掩护,冈萨雷斯瞄得更准了,他忽而在左忽而在右,子弹一发一发打到枫树上。冈萨雷斯如此狡猾不停变换位置,邦德透过望远镜很难快速地瞄准,他发出的子弹大多叮当作响地打到白色的铁桌上,要不就是划过草坪。在这种情况下,对方的子弹还一次又一次砰砰地打到枫树上。这样下去可不行,邦德要站到宽敞的草地上射击,直接把对方拿下。于是邦德身子一闪,快速往右边跑去。然而他移动的同时,看到冈萨雷斯也从铁桌后冲了出来,看来对方也打算结束眼前的僵局。只见对方朝着石坝跑去,大概想要穿过那儿钻进树林,追击邦德。邦德停了下来站稳脚步,一下把步枪抛起,持在手中。此时,在石坝墙边奔跑的冈萨雷斯也看到了邦德的动作,他随即停下立马单膝跪地,对着邦德发起阵阵枪击。邦德冷冰冰地站在那儿,听着子弹飞过的声音,把十字准线瞄准对方胸膛,扣动扳机。只见冈萨雷斯身子一晃,踉踉跄跄地想要站起来,可只是徒劳,他伸出手臂,手上的枪仍旧在发射,子弹射向天空,随后他摇摇晃晃地脸朝下栽进水中。

邦德在一边留意着看他的头是否还会抬起来。然而,并没有。他缓缓地放下了步枪,用手臂擦了下脸。

回声,死亡的声音在回荡着,在山谷内外翻滚激荡。邦德看到湖畔远处的树林里,两个女人正朝着房子跑去。倘若屋里女仆们还没反应过来的话,那么很快,这两个女人也会逃跑,然后报警。要赶紧离开这里了。

邦德穿过草地回到了那棵孤寂的枫树处,女人已经在那儿了。她背对着邦德,依靠着大树站着,头部靠着树干无力地垂到肩膀处。她的肩膀微微颤抖着,深绿色的袖子上方有一处因鲜血流出过多而染成的墨迹,更有鲜血顺着右臂流下滴到地上。她的脚边则躺着一副弓以及装着箭的箭袋。

邦德走上前去,把她搂到身边,温柔地说道:"不用担心,朱迪,都结束了。胳膊伤得重吗?"

她迷迷糊糊的声音回答道:"不要紧的。不知道什么东西打到我了。我没想到,我没想到他们会这么快开枪的。"

邦德搂紧了她,安慰道:"他们这么做很正常。他们原来可以拿下你的。他们都是职业杀手,杀人狂。我已经告诉过你,这是男人的事情。来,先让我看看你的伤口。我们还要离开,越过边境。警察很快就会来到。"

她转过身,美丽动人的脸庞上汗水与泪痕交错,灰色的眼睛满是柔情与顺从,她说:"幸好有你。我先前还那样对你。我那时是太……太不知所措了。"

她伸出受伤的手臂。邦德从她腰间取下那把猎刀,割开靠近肩膊处的袖子。里面血肉模糊,子弹陷得很深,伤了肌肉。邦德掏出他的卡其手帕,切成三块布条,系在一起。他用威士忌和咖啡把伤口清洗了一遍,然后从他的背包里掏出一小块面包,用布条把面包绑在伤口上。随后在她的袖子处割出一条长带,绕到脖子后。把她身后的长带打结时,邦德靠得很近,彼此的嘴巴近在咫尺,她身上有股小动物般的温馨气息。邦德轻轻地在她唇边亲了一口,随后又狠狠地吻了下去。他打好结,看着那双也在紧紧看着自己的灰色眼睛,彼此眼里充满惊喜与幸福。他再次吻了她,探索着她嘴里的每个角落,感觉到她嘴角微微上扬。邦德退后看了她一眼,发现她在笑,他也会意地笑了起来。他轻轻地提起她的右手,把手腕穿到吊带里。她温顺地说:"你要带我到哪里去?"

邦德答道:"带你到伦敦。那儿有一个老人家,见到你会很高兴的。但我们要先到加拿大去,我要跟渥太华的一个朋友谈谈,同时要把你护照的事办了,还要替你购置一些衣物之类的。这需要几天时间,期间我们可以在柯芝汽车旅馆暂作停留。"

她确实是个不一样的女人。她看着他,温和地说:"太好了。我倒从来没在汽车旅馆住过。"

邦德弯腰提起他的步枪和背包,挎在一边的肩膀上,随后又把她的弓和箭袋挂到另一边肩膀,然后转身,朝草场走去。

她在后面跟上,迈开步子时,她把头上已经蔫了的秋麒麟草扯下,解开头上的缎带,只见一头淡金色的头发像瀑布一般倾泻而下,披散在身后。

余　慰

詹姆斯·邦德说:"我一直在想,如果哪天我要结婚,我会娶个空中小姐做太太。"

晚宴的时间总是不容易打发,现在其他两位客人要到机场乘机,在副官的陪同下,他们先行离开了。这样公务部门宽敞的休息厅里就只剩下邦德跟总督了,他们坐在棉布沙发上,努力想要找一些话题来交谈。邦德感到很滑稽,他从来不喜欢这么软的沙发,坐在上面感觉整个人都要陷下去了。他宁愿坐在坚硬的带扶手的椅子上,这样他的双脚就可以扎扎实实地踏在地面上。更让他觉得可笑的是,现在跟他一起留在这个房间的是位年长的单身汉,他们分别坐在一张玫瑰棉布的软沙发上,双腿懒懒地自由伸展开来。在两人之间摆着一张很低的茶几,而邦德冒着傻气盯着上面摆放的咖啡和利口酒。这样的情景让人感觉有点像是某种俱乐部,私密亲近,不为外人所知,甚至有点阴柔的氛围,反正一切看起来都怪怪的。

邦德不喜欢拿索①,这里的人都太富有了。但凡在这个群岛有些房产的,无论是冬日来度假的游人还是当地居民,他们每日谈论的就只有钱、身上的各种病痛,还有一些公务上的繁杂事项。他们甚至都不谈论八卦,或者说这个地方压根儿没有八卦。来这儿过冬的人要不就是太老,谈不上有什么风流韵事;要不就是有钱人,从来都小心翼翼,不说旁人任何的坏话。刚刚离开的两个客人是哈维·米勒夫妇,他们是典型的加拿大百万富翁,和善却又呆板,都是靠早期参与到天然气买卖的行业中而发家,然后一直停留在那个行业里。而丈夫大多会有个喋喋不休的太太。哈维·米勒太太看上去像个英国人,此前她坐在邦德旁边,一直兴高采烈、喋喋不休地问邦德最近在城里看了什么演出,问邦德是否也觉得某家烧烤餐厅是最好的晚餐场所之类的琐事。人的一生总是能遇到各种有趣的人,比如女演员之类的,除此之外就是这一类人了。邦德已经尽力了,但由于自己已经有两年没有看过一场演出,而唯一一次也只是因为在维也纳执行任务去过,这回他只能凭借着在伦敦夜生活的模糊记忆与哈维·米勒太太搭着话,尽管他们的话大多时候完全搭不上。

邦德知道总督邀请他共进晚餐只是出于客套,也或许是受先前离开的哈维·米勒夫妇之托特意关照邦德。邦德在这个殖民地已经逗留一个星期了,正准备次日离开赶到迈阿密②去。这是一个例

---

① 拿索:巴哈马群岛的首都。

② 迈阿密:美国佛罗里达州东南部港市。

行的调查任务。邻国的军火装备正在送到卡斯特罗面对的、赶往古巴的途中叛军那里。这些军火装备大多从迈阿密和墨西哥湾来,然而美国海岸警卫队截获了两艘大型货船,卡斯罗特的支持者发现了情况,随之把目光指向了牙买加和巴哈马群岛,认为对方可能潜伏在那儿,此次邦德正是被伦敦派去捣毁这一切的。他其实并不想接这项工作,甚至,他对这些叛军是感到同情的。然而英国政府跟古巴达成了一个很大的出口项目,用来交换比预期还要多的古巴白糖,此项交易还有一个小条件,那就是英国不能提供任何帮助或缓和措施给古巴叛军。随后邦德发现了两艘大型的警察巡洋舰,船只装备良好,然而它们航行时却明显无意执行任何逮捕工作。于是邦德选了一个深夜,开着一艘水警艇偷偷靠近船只。水警艇没有开灯,黑漆漆的,并不显眼。他在艇上的甲板上朝船上开着的舷窗分别投出了一枚高热剂燃烧弹,就这样邦德制造了一起事故。然后他快速离开现场,在远处观望着这燃烧的熊熊烈火。这次保险公司不走运了,当然,这次事故没有任何人员伤亡,他高效又干净利落地完成了 M 局长的吩咐。

现在邦德才意识到,在这个殖民地,除了警察局局长和他的两个警官,没人知道是谁导致那两桩声势浩大的事故的发生,而那些知道事故的人,也仅仅知道那是停泊处刚好起了一场火灾而已。邦德只向伦敦的 M 局长汇报了情况。他并不想让总督尴尬,总督看上去是那种很容易尴尬的人,再者让对方知道这条有可能随时被提上上议院的重罪也是不太明智的。然而总督也不是个傻子,他显然知道邦德来殖民地的目的。那个晚上,当邦德跟他握手时,总督克制防卫的态度已经向邦德传达了他爱好和平、厌恶暴力的想法。

而谈论这些对这个晚宴来说毫无用处,这个晚宴更需要一个平日里埋头苦干的副官,冒出涌泉般的思绪去不停地絮絮叨叨来给这个夜晚揭露生活的一丝假象。

现在已经是晚上9点30分了,一个小时以后,总督与邦德可以高兴地各自回去休息,并且松一口气庆幸彼此此生不会再见了。但这也意味着在接下来的一个小时里,他们仍需四目相对,以礼相待。邦德对总督并没有什么敌意,只是总督属于他在这个世上常碰到的一种典型人物,可靠、忠诚、能干以及冷静,而且恰好是那种最称职的殖民地公务员。周边的帝国主义动荡不稳,分崩离析,他却可以踏实、得体、忠诚地在一个岗位上服务三十年;而现在,为了在阶梯上保全自己不被蛇咬到,他必须及时地爬到最高处。在一年或两年内,他会受勋获取爵级大十字勋章①,带着国家授予的津贴搬到戈德尔明②、切尔腾纳姆③或坦布里奇韦尔斯④等优美的英国城市或小镇安享晚年。当然带过去的还会有一小段当年在特鲁西尔阿

---

① 爵级大十字勋章:巴斯勋章中的一种,获勋者通常是高级军官或高级公务员。

② 戈德尔明:英国英格兰东南部萨里郡的小镇。

③ 切尔腾纳姆:英国英格兰西南部城市。

④ 坦布里奇韦尔斯:英国英格兰东南部肯特郡西南部的自治市。

曼①、背风群岛②或英属圭亚那的职场回忆,只是英国当地高尔夫球俱乐部的人恐怕都不太知道这些地方,更对此提不起任何兴趣。现在,邦德回想起那个纵火烧船的夜晚,总督目睹或私下参与过的、如同这回卡斯特罗叛军事件的微小戏剧性事件又有多少呢? 在这纵横交错的政治棋盘里,小小强权政治下的是什么棋,海外小社区有着怎样的生活丑闻,政府大厦卷宗里的秘密人员情况,他又都知道多少呢? 又怎么会有人能跟这个古板、谨慎的人碰撞出一点儿思想上的火花呢? 更何况邦德,他这个被总督认为是危险且或许会给其事业带来危险因素的人,又怎么能找出或发表哪怕一丁点儿有趣的事件或言论去挽救这个夜晚,使其不至于这么无聊虚度?

哈维·米勒夫妇为了赶蒙特利尔的飞机提前离去,不可避免地,两人在一种沉默无聊氛围之间断断续续地开展了一些空中旅行话题,之后邦德装作漫不经心地提到了关于要娶个空乘小姐的言论。总督表示英国海外航空公司抢夺了美国交通到拿索那一块的很多市场份额,虽然他们的飞机比艾德怀尔德机场③的要慢上大概半个小时,但他们的服务却是极好的。邦德厌烦地用他的陈词滥调说着一些他更宁愿舒适慢速的飞行,获取更呵护的服务,也不图快或被疏忽照料之类的话。然后他就说起了关于娶个空乘小姐做太太的言论了。

---

① 特鲁西尔阿曼:阿拉伯联合酋长国的旧称。
② 背风群岛:西印度群岛中小安的列斯群岛北部的群岛。
③ 艾德怀尔德机场:现在的约翰·肯尼迪国际机场。

邦德一直希望和总督聊天时能更轻松、人性化一些。然而总督仍旧用彬彬有礼、抑制的声调问道："真的啊？为什么呢？"

"喔，我也不太清楚。能娶一个好看的女人，时常帮你盖好被子，端水送饭，嘘寒问暖，我想着挺不错的。而且她们经常在笑，想要讨好你。如果我不找空乘小姐，我估计会娶个日本太太，估计她们也差不多。"事实上邦德并无意结婚。倘若他结婚，他也一定不会找个枯燥乏味如同奴隶般的伴侣。他这么说也只是为了取悦或让总督参与到一些更人性化的话题中来。

"我不太清楚日本人，但我想你也知道这些空乘小姐的服务意识都是训练出来的，她们不工作的时候，坦白说，或许完全是另一副面孔。"总督的声音相当理性，头脑清醒，富有逻辑。

"我其实对结婚也没多大兴趣，因此也没有对此做过多的调查。"邦德回应道。

接下来有片刻的沉默。现在总督的雪茄已经熄灭了，他花了一点时间重新将雪茄点燃起来。这回当他开口，邦德能感觉到他的语气与先前不同，似乎带着一点生命的火花，一点兴致。总督说道："我先前认识一个男人，他有着跟你一样的想法。事实上他爱上了一名空乘小姐并与其结婚了，相当有趣的一个故事。我想，"总督看着邦德的侧脸，妄自菲薄地笑了笑，继续说道，"想必你一定见过人生中的很多阴暗面，这样的故事你或许会觉得无趣，但你愿意听一听吗？"

"我很乐意。"邦德尝试让自己的声音听上去富有热情。他仍在怀疑总督所说的阴暗是否与自己想的一致，但听对方讲故事至少能省掉他不少力气去努力进行一些很蠢的对话。现在为了摆脱那张该死的让人倒尽胃口的沙发,邦德找了个借口说:"我想要一点白兰地。"随后他站了起来,倒了一小杯白兰地后,他没有直接回到沙发上,而是在托酒盘的另一边拉了一张椅子,在总督斜对面坐了下来。

总督看了一眼手上雪茄的末端,快速地吸了一口,然后把雪茄竖直,这样长长的烟灰就不会掉下来了。说话的整个过程,总督都小心地留意着烟头上的烟灰,就连说话时也好像在对着眼前升起又很快消散在湿热空气中的丝丝蓝烟在讲着什么。

他谨慎地说:"这个男人,我姑且称他为马斯特,菲利普·马斯特,他可以说是跟我同辈,我们在同一个部门工作,我比他早到一年。他先前毕业于费蒂斯中学,获取奖学金进入牛津大学,当然学校的名字并不重要,随后他申请了到殖民地公职机构服务。他不是那种特别聪明的家伙,但他属于那种非常努力的,在面试官面前总会留下一副稳重踏实形象的人。殖民局录用了他。他奔赴的第一个地方是非洲的尼日利亚,并且在那里表现出色。他喜欢那里的土著,能与他们相处得很好。他是个崇尚自由主义的人,而实际上他又并不是一个容易亲近的人,"总督苦涩地笑了下,"当时因为这些使他跟他的上司产生了些隔阂。他对那些尼日利亚人宽厚仁慈,让对方也感到十分惊讶。"总督停顿了一下,吸了一大口烟。烟灰准备要掉了,他小心地弯下腰凑到托酒盘处,把烟灰抖进了他的咖啡杯。他重新坐了回来,随即朝邦德看了看,说:"我猜想这个年轻人对那些土著的情感无异于同龄人在生活中对异性的情感。不幸的是,菲利普·马斯特是个害羞而且相当笨拙的年轻人,在生活的其他方面从未获取过任何的成功。不需要准备各种考试的日子里,他会跟同事一起玩冰球,但大多时候成绩一般。休假的时候,他会留在威尔士,住在一个阿姨那儿,参与当地登山俱乐部的一些登山活动。顺便提一下,他上公立学校时,他的父母就分开了。尽管他是个独生子,但他的父母自那时起就没有关心过他了,然而靠着一些奖学金和津贴,他倒顺利地度过了牛津大学的时光。因此他的大多时间都花在学业上,没怎么跟女人相处,也很少主动跟那些有一面之缘的女人做进一步交流。继承了维多利亚时期我们祖辈的特质,他的情感生活一直充满着挫败与压抑。知道了他的这些情况,我常在想,他长期以来在情感上是匮乏的,人与人之间的基本温暖以及青年人血气方刚的冲动他均无所体验,如今这一切大概在与尼日利亚有色人种的相处过程中得到了弥补,他们的纯粹、善良让他的情感得以安放。"

邦德打断了这个有点严肃的故事,插话道:"说到底,跟一个漂亮的尼日利亚女人在一起的最大麻烦是她们不懂得避孕。我倒希望他懂得处理好那样的问题。"

总督举起了一只手打断了邦德,从他的声音里明显听得出他对邦德的庸俗语论表示嫌弃,他解释道:"不,不是的,你误解了。我指的不是性爱。这个年轻的男人也从不会跟一个有色人种发生关系。事实上,对于性爱之事可怜的他懂得少之又少。对于英格兰现今的年轻人来说,这种现象也并不少见;而旧日里,人们对性爱一无所知的现象更为普遍。因为,我相信你也会同意的,正因为这种无知,导

致太多灾难性的婚姻或其他的悲剧性事件发生在婚姻里了。"邦德
点了点头表示赞同，"不，我说这么多无非为了告诉你，这个充满着
挫败感的天真男人有着怎样的负担，他内心丰富，身体和心灵却一
直未曾被激发，他只能用笨拙的社交方式，让自己在这些黑人之间
盲目地寻找陪伴和情感，而不是向内探索寻求。总而言之，他是个
过于敏感，生理上冷淡，但同时在其他方面表现却相当积极，出色能
干，优秀的好公民。"

邦德抿了一口白兰地，伸开了双脚，享受着这个故事。另一边，
总督用一副年长者的口吻在平铺直叙，使故事更真实可信。

总督继续道："年轻的马斯特在尼日利亚做的一切正好与第一
届工党政府政策相吻合。你还记得的话，第一届工党政府上来做的
第一件事就是对在外的移民局进行改革。那时尼日利亚来了一位
新的总督，在处理当地的一些问题上颇有先见，他惊喜地发现有一
个年轻的军官，在有限的职权范围内，已经把他的一些想法付诸实
践。总督鼓励菲利普·马斯特，并授予他更高的职位，而当马斯特
要离任被派往其他地方时，总督又及时地写了一份报告对他大力举
荐，这样马斯特一跃身就成了百慕大群岛的部长助理。"

总督透过烟雾看了眼邦德，略带歉意地说："希望你听着这些不
会感到沉闷，很快就到关键的地方了。"

"我对此非常感兴趣。我想我脑海里已经有这个男人的样子
了。你描述得很形象，一定跟他非常熟吧？"

总督犹豫了一下，说道："我进一步了解他是在百慕大的时候，
我刚好是他的上司，他直接向我报告工作。不过，我们还没有讲到

百慕大的事。那还是英国和非洲刚刚通航的时候,因为某些缘故,
为了节省时间可以有一个更长的假期,菲利普·马斯特决定乘坐飞
机回伦敦的家,而不是从弗里敦乘船回去。他先是乘火车到了肯尼
亚首都内罗毕,然后乘坐帝国航空公司(英国海外航空公司的前
身)每周一班的空乘飞机。他先前从没有坐过飞机,他对此感到很
新鲜,飞机起飞时他又稍稍感到有点紧张。直到一位空乘小姐——
他留意到的一位相当漂亮的空乘小姐,给了他一块糖果含在嘴里,
又向他展示如何系安全带,他才稍感轻松。当飞机在空中稳定飞行
时,他发现飞行似乎没有他想象中的那么危险。空乘小姐来到旅客
很少的客舱,笑着对他说:'您现在可以解开安全带了。'就在马斯
特笨拙地摸索扣带时,她弯腰把身子靠了过来替他解开。这样的动
作带着一丝亲密感。在这一生中,马斯特从没有和一个女人这么亲
近过。他的脸顿时红了,而且内心感到异常混乱。他向她致谢。而
对于他的尴尬,她只调皮地笑了笑,随后坐在过道另一边的空位子
上,跟他闲聊,问他从哪儿来,要到哪儿去。他一一告诉了她,并向
她咨询了一些关于飞机的情况,时速多少、在哪儿停站之类的。同
时他发现他们的交流相当顺畅,而她长得也非常漂亮,光彩夺目。
她平易近人,对非洲有着浓厚的兴趣,这一切让他感到惊喜。他感
觉到在她眼里,他是个充满刺激跟光彩生活的人,而不是他自知的
平淡枯燥无味。在她面前,他感觉自己是个大人物。当她离开去帮
其他两位乘务员准备午餐时,他坐在原位想着她,浮想联翩,心有悸
动。他拿起报纸尝试去阅读,却发现自己根本没办法集中注意力。
他只能不时地看向客舱寻找她的倩影。有一回她也恰好看见他,还

给了他一个微笑。在他看来,那是个神秘的微笑,似乎在述说着彼此都是机上的年轻人,他们懂得彼此,他们对人生有着相似的情趣。

"菲利普·马斯特注视着窗外,在云海中想象着她。他在脑海里细心地把她打量千万遍,惊叹她的美好。她娇小玲珑,皮肤白皙,泛着淡淡的玫瑰红,淡黄色金发整齐地盘在了一起。(他尤其喜欢圆髻,这可以看得出她是个举止优雅,而不是个冒冒失失的人。)她有着一张樱桃小嘴,时常带着笑,蓝色的眼睛闪烁着调皮与灵气。他向来熟知威尔士人,也猜测她有着威尔士血统,后来从她名字上得到了印证,罗达·卢埃林。他在午餐前去洗手时,在洗手间门外的杂志架上,看到了乘务员名单,而她在最后一行。在她的照片前,他好好地打量推测了一番。估计这两天她都在这城市附近,但怎么才能再见到她呢? 她或许有上百的仰慕者。她甚至有可能已经结婚了。她一直都在飞吗? 旅程后她会有几天的假期呢? 如果邀请她共进晚餐或看场电影的话,她会笑话他吗? 或许她会到机长那里投诉说有乘客骚扰她? 马斯特霎时想到当飞机抵达亚丁①,航空公司向殖民局发去一个投诉,那么他的职业生涯就要完了。

"午餐时间到了,再次见到她,马斯特感到安心。当她把小桌板放下,在他膝上调整时,她的头发扫过他的脸颊。马斯特感觉全身像是被电流击过。她教他怎么把食品外部的那张复杂的玻璃纸拆开,怎么把沙拉的盒盖拿掉。她还特意告诉他小蛋糕上的那层奶油味道极好。总之,她对他关怀备至,马斯特也记不清他人生中是否

---

① 亚丁:也门人民共和国首都。

有过这样的时刻,即便他还是个孩子的时候,他母亲似乎也不曾这么温柔以待。

"旅程结束的时候,紧张得汗流浃背的马斯特鼓起了勇气邀请她共进晚餐,出乎意料的是她居然爽快地答应了。一个月后,她辞去了空乘的工作,他们结婚了。再一个月后,马斯特升迁,他们一起乘船去了百慕大。"

听到这里,邦德插话道:"我有种不好的预感。她之所以嫁给他是因为她感觉他的生活听起来刺激而且'宏伟'。她幻想着自己可以参与政府大厦的午后茶会,并且在那儿成为一个耀眼的可人儿。我猜想马斯特最后会杀了她。"

"不,"总督温和地说,"不过我斗胆说,她嫁给他的缘故,你猜对了,她定是厌倦了长期劳累且不安全的长途空旅工作。或许她是真的想要离开,过另一种生活,而这时马斯特恰好出现了。毫无疑问,这对年轻的夫妇到达哈密尔顿①,到郊外的小屋定居时,我们所有人对她都有着极好的印象,大家都为她富有活力的面貌、漂亮的脸庞所惊叹,也被她的友好所折服。当然,马斯特也改变了不少。这一切对于他来说仿佛童话般美妙。现在回想过去,想到他从前每日煞费苦心把自己打扮得光鲜亮丽只为了能配得上她,就感到可惜。他费心费力地折腾着他的服装,往他的头部抹上润发油,看起来一副滑稽的模样,他甚至还留了戎马军人的胡须,或许她觉得那样更神武。他跟同事谈话时总是罗达长罗达短的,几乎每句话都离

---

① 哈密尔顿:美国城市。

不开她,要不就是在打探伯福德太太(当地总督的太太)什么时候会邀罗达共进午餐。而每天下班后,他第一件事就是匆匆地往家里赶。

"但他工作很是努力,所有人都喜欢这对年轻的夫妇。幸福钟声环绕的婚姻生活持续了大概半年。殖后,当然我只是在推测,这个快乐的小屋里偶尔会冒出一些尖酸刻薄的话语。你能想象的,都是些鸡毛蒜皮事,如同:'为什么部长夫人从不带上我一起去购物?还要等多久才到下一次鸡尾酒会?你知道的,我们养不起一个孩子。你什么时候才能升职?整天在这儿无所事事的,日子无聊透了。晚上你去做饭。我想静静。你的日子可真有意思。只有你才喜欢这样的生活……'都是这些类似的话。当然日子很快就颠倒过来了。现在,换成是马斯特每日在服侍他的太太,当然他很乐意这么做。他每日上班前会把早餐放在他太太床边,晚上下班后他会清理房间,把各个角落的烟灰和巧克力纸清扫干净。为了能让太太穿上更多的新衣服跟其他太太们争奇斗艳,马斯特还戒了烟酒。在秘书处,我对马斯特比较熟,我很早就看出这些端倪了。他常常紧皱的眉头,偶尔的神不守舍,办公时间对电话铃声的热切期待,为了能载罗达到电影院而在下班前十分钟偷偷溜走,当然,还有偶尔会半开玩笑地打探婚姻的日常,比如:别人的太太每天这么长时间都在做些什么?大多数女人都会觉得外头很热吗?我觉得女人(说这话时他可完全是一副无可奈何的语气)好像比男人更容易烦躁……诸如之类的话。其实归根结底,或者大部分原因,是因为马斯特被那个女人迷得神魂颠倒了。她就是他的太阳,他的月亮,他每天在仰望,只要她感到不开心或者劳累,那一定是他做得不够好。他疯狂地想要找到些什么能让她开心,他只想让她开心,最后,他找到,或者说他们找到了,那就是高尔夫球。在百慕大,高尔夫球可是贵族才消费得起的运动。在当地有几块很好的高尔夫球场地,其中包括著名的中海俱乐部,所有顶级赛事都在那儿进行,赛事结束后社会名流都会在那儿品着美酒佳肴,讨论着城中八卦趣闻。这些恰好是她所追求的,一个高档场所,一群上流社会的名人。天知道马斯特是怎么存够这笔钱让她上俱乐部的课程,还有进行其他的娱乐消费的,但不管怎么样,他做到了,整件事让她相当满意。她开始整日泡在俱乐部里。她很努力地学习,很快有了参赛资格,在一些小型比赛或每月的冠军赛中认识到了不同的人。六个月以后,她不仅可以参加一些相对体面的比赛,而且还成了场内众多男人间的宠儿。其实对此我并不吃惊,我还记得从前不时会在那里碰到她,那诱人的小东西,皮肤被阳光晒得黝黑,穿着短裤,短得不能再短的那种短裤,戴着白色、里衬绿色的遮光眼罩,就站在那儿握着球杆,力度把握得恰如其分地轻轻一挥。我可以这么说,"想到那个情景,总督的眼里顿时发着光,他补充道,"她是我在高尔夫球场上见到过的最漂亮的人。当然,接下来发生的也就是自然而然的事了。那时场内有男女混合团体赛,跟她搭档的男子正好是塔特索尔家的大儿子。他的家族是当地的商界大佬,或多或少也左右着整个百慕大;而他是个年轻的混混,该死的长相英俊,是个出色的游泳运动员,优秀的高尔夫球员,他有一辆敞篷跑车,一艘游艇,还有各种高档体育用品。你知道这种类型的富二代的。只要他愿意,任何姑娘都可以到手,倚若她们不爽快答应的话,那么她们就无法享用那高档的跑车或游艇,也无法参加当地晚上的各种活动了。经过激烈比拼,最后他们赢得了那场比赛,而可怜的马斯特还混在球场上远远地观望,为他们喝彩。那是最后一次,他在一整天内欢呼那么多次,或许也是他整个人生中仅有的一次。几乎同时,她开始跟年轻的塔特索尔混在了一起,而事情一旦开始,便一发不可收拾了。相信我,邦德先生,"总督握了下拳头,轻轻敲了下桌边,"情况很恶劣。她甚至都没有打算稍稍缓和或避讳一下,她打击着马斯特,她当着自己丈夫的面,和塔特索尔在一起,她不断打击着自己的丈夫。她夜里常在外逗留,随兴归家;她借口说晚上两人睡太热,执意让马斯特搬到客房;倚若哪天她清理房子或为他做饭,也只是她的权宜之计,做做样子而已。当然,才一个月,整个事情就已经传开了,可怜的马斯特戴着一顶大大的绿帽子,成了这个殖民地的第一可怜人。伯福德太太最终看不过去,找那女人谈了话,告诉她这么做简直就是在毁她丈夫前程之类的话。但问题出现了,对话中,伯福德太太很快发现马斯特其实是个无趣的呆瓜,也或许伯福德太太在年轻时也曾不安分,有过一两件不为人知的丑闻,而现在的她仍旧是个优雅而神采奕奕的贵妇人,因此对这个犯错的年轻女子相当仁慈,事情也就不了了之。而对于马斯特本人来说,正如后来他告诉过我的那样,他经历了一阵苦闷的日子,规劝,彼此激烈的争吵,双方狂怒暴躁,还暴力相对(他告诉我有一晚他差点就要掐死那个女人了)。最后,他心寒如霜,万念俱灰。"总督停顿了一下,继续说道,"邦德先生,我不知道你是否碰到过被伤得撕心裂肺的人,他们的心慢慢地一点一点裂开。这些,就是我亲眼看见发生在菲利普·马斯特身上的事,见者伤心。
他脸上曾带着天堂般幸福的喜悦,然而来到百慕大不到一年的时
光,事情翻篇了,他转眼投身于地狱之中。当然,我也尽力帮忙了,
大家或多或少都帮了一下忙,但事情一旦发生,在中海俱乐部那场
赛事之后,唯一能做的就是尽力去收拾残局了。然而马斯特那个时
候已经像是只受了伤的狗一样,他离开人群独自躲在角落,一旦有
人靠近,他就咆哮着把对方斥退。我甚至给他写了一两封很长的
信。后来他告诉我,当时他没有看信就直接撕掉了。有一回,我们
几个同事邀他一起到我家参加一场只有男人的聚会。期间我们尝
试灌醉他,实际上我们也做到了。谁知洗手间一阵跟跄声,马斯特
居然用我的剃刀割腕,这可把我们吓坏了,随后我做代表把整个事
情报告给总督了。当时总督也是知道这些的,但他不想干预下属的
私事。现在问题是马斯特是否还能待在部门里。他的工作一塌糊
涂,他的太太是大众丑闻的主角,而他则一蹶不振,我们能让事情好
起来吗?总督是个很好的人,事情发展到这一步了,他当机立断做
出了决定。否则事情继续下去,他免不了要递交有关马斯特的报告
给英国政府,那时只怕马斯特仅有的工作也要丢掉了。这个时候恰
好老天也发慈悲搭手帮了个忙,就在我跟总督汇报的第二天,殖民
部来了一封急件,表示在华盛顿有一场关于沿海捕鱼权限设置的会
议,百慕大和巴哈马群岛受邀各自要派代表出席。总督正好派了马
斯特参加。总督跟马斯特说话语气严厉,告诉他在接下来的六个月
内务必妥善处理好他的家务事,随后匆匆把他打发走。马斯特在一
周内出发了,接下来的五个月留在了华盛顿讨论捕鱼权的事务,而

我们大伙儿也都松了一口气,从那以后无论何时,只要有机会我们就挤对罗达·马斯特。"

总督陷入了回忆中,宽敞、明亮的休息厅顿时安静下来。他掏出手帕,擦了擦脸上的汗。这段记忆使他兴奋起来,他的眼睛发着光,脸庞激动得透出红润光彩。他站了起来,倒了一点威士忌和苏打水给邦德,也倒了一杯给自己。

邦德说:"真是一团糟。我总想着这样的事早晚会发生,但没想到发生得这么早。那女人定是个硬心肠的小婊子。她有为自己做的事感到一丝愧疚吗?"

总督已经点好了另一支雪茄,看着烟头微弱的火苗,他轻轻吹了一下,说道:"噢,没有。她正逍遥自在呢。她大概也知道持续不了多长时间,但这一切都是她梦寐以求的,一切都如同女性杂志呈现给读者的那样,奢华的生活,多金英俊的爱人,而她向来对此充满幻想。如今她拥有了这一切,在岛上捕获到的优质猎物,在沙滩棕榈树下跟爱人窃窃私语,享受着城里或中海俱乐部的快乐时光,享用着豪华跑车与高级游艇,还能与不同的仰慕者肆无忌惮地调情。退一万步来说,她不需要当丈夫的奴隶,反倒有个对她百般讨好的丈夫,她还有一个房子可以洗漱、更衣、休息,不再居无定所的,这也是个好的归宿。她知道自己只要勾勾手指头,便可以轻易让马斯特回到她身边。他这个可怜的家伙。随后她只要到处拜访走动走动,并且向大家道个歉,再重新施展她的魅力,大伙儿很快就会原谅她的。一切都会好起来的。哪怕马斯特不原谅她,在这世上也会有一堆男人,甚至更有魅力的男人在等着她。为什么?你看看高尔夫俱乐部的那些男人就知道了！她只要略施小计，例如掉个帽子之类的，就会有一堆男人争先恐后地替她捡起。是的，生命是美好的，人倘若一时淘气了，那也只因所有人都会有这样的淘气时刻。看看好莱坞的那些电影明星，谁没有个丑闻，然后还不是好好地活跃在荧幕当中。"

"不过，她很快就受到考验了。塔特索尔开始有点儿厌倦她了，也感谢总督太太出面，塔特索尔父母知道了这些事，跟塔特索尔吵吵闹闹的。这也正好给了塔特索尔一个光明正大的借口去摆脱她，而不至于跟她闹得不可开交。时至夏日，岛上正有一群养眼的美国妞儿呢，也是时候给自己补充点新鲜血液了，为此塔特索尔果断地抛弃了罗达·马斯特。事情也很简单，塔特索尔直接告诉她两人关系结束了，说自己父母反对，以取消他的津贴补助之类的作为威胁。这个事情恰好发生在菲利普·马斯特从华盛顿回来前两周，不得不说她应对得很好。她是个厉害角色，知道这天早晚会来，因而她也没有四处嚷嚷去吵闹。更何况这事要跟谁去闹呢？她只是拜访了伯福德太太，表示自己很抱歉，决心从今开始要做个好太太，把重心转移到家庭上，要打扫屋子，把一切整理得井然有序，准备跟丈夫重归于好。中海俱乐部的旧日密友对她的态度也更坚定了她要与丈夫重归于好的决心。她被抛弃的事，又成了另一桩丑闻。你可以想象这些情景的，即便是在热带地区的一个开放的城市俱乐部里。现在不仅仅是政府大厦，就连哈密尔顿商界的人都对她嗤之以鼻。她突然变成了一个劣等品，二手的弃妇。她尝试像从前那样顽皮地跟其他人调调情，但别人都不吃这套了。一次两次她连续受挫，然后她也就不再尝试了。现在对于她来说,至关重要的是要跟马斯特重归于好,回到那个安全的基地,然后慢慢地重新回到大家的视线中。接下来几天,她都留在家里,筹划安排,一遍又一遍演练她接下来的表演——眼泪、空姐的温柔、长篇真诚的申辩跟解释,还有如何把他勾引到那张双人床。"

"然后菲利普·马斯特回到了她的怀抱?"邦德问道。

总督停顿了一下,意味深长地看了邦德一眼,说:"你还没有结婚,所以会不太清楚,但我想男女间的关系大抵都是相同的。只要两人之间还有人性的存在,他们的关系就可以持续下去。一段关系倘若没有了仁慈,一个人明显不在乎另一个人是死是活,这种情况也仅仅算是不太好,而诋毁对方人格,情况就变得十分糟糕了;倘若最后利用对方的仁慈,使得对方丧失自我保护的本能,那便是罪不可恕的。我见过太多各式各样的婚姻了。有些人公然背叛后仍旧重归于好,有些成了罪犯甚至杀人犯最终被对方原谅,更不用说破产或其他形式的社会犯罪。失明以及各种疾病,这些都是可以熬过来的。但只要其中一方人性沦丧了,这段关系则再无法修复。我很认真地想过这些,还给维系人们关系的这个基本要素起了一个相当响亮的名字,我管它叫'余慰定律'。"

邦德赞赏道:"这个名字极其贴切,让人印象深刻。当然,我懂你的意思,对此我再也同意不过了。余慰,最后一丝宽慰。自然,我相信你也会同意世间所有的爱情跟友情最终都以此为存在的基础。人生来其实是没有安全感的。一旦有人让你感到危险,甚至随时想要毁掉你,最后一丝宽慰都没有了,那确实是时候结束了。为了拯救自己,你必须逃离。马斯特也意识到了吗?"

　　总督没有回答,而是继续说下去:"马斯特走进房子时,罗达·马斯特就应该意识到她丈夫有点不一样了。然而她只看到对方把胡须剃光了,头发又变回他们初次见面时的那样蓬蓬松松的,外表上并没有多大变化,但其实只要她留意一下对方的眼睛、整个面部表情就可以看出点端倪了,可惜她没有。罗达·马斯特早已穿上一套最为朴素简单的连衣裙,淡淡的妆容,一副清纯的模样,她坐在椅子上看着书,窗外的光线正好照在她膝盖以上,显得她更加明艳动人。她已经计划好,当丈夫走进屋子时,她就会挪开书本,抬起头,温顺、谦卑地看着对方,等待对方说话。然后她要站起来,低着头,安静地走到对方面前。她会向丈夫忏悔并表达自己的思念,让自己哭得一副梨花带雨的模样,计划顺利的话对方会把她搂在怀里,然后她会向他保证,再三保证以后会一起幸福地过日子。她先前已经演练过很多很多遍,对此她还是相当自信的。

　　"如同计划好的那样,她抬起了头看着马斯特。却只见马斯特轻轻地放下他的行李箱,缓缓地走向壁炉台,站在那里茫然地俯视着她。他的眼神冰冷、无情,如同一潭死水。他从衣服里面的暗袋拿出一张纸,用着一副政府部门人员办公时毫无语气语调的声音说:'这是对房子的安排,我已经划成两边了。厨房还有睡房归你,这间房还有客房归我。我不在的时候,你也可以用洗手间。'他弯下腰把纸张扔到她打开的书本上,'除非有朋友来,否则你不能进我的房间。'罗达·马斯特张嘴想要说话。他甩了下手以示制止,接着说道:'这是我最后一次私底下跟你说话。以后你问什么,我也不会作答的。如果你有话要说，可以在洗手间留张纸条。还有饭菜要准时准备好，放到饭厅，我用完餐后你才可以过来吃。每个月我会给你20英镑作为家用支出，最初几个月都会由我的律师转达。我要跟你离婚了，你没有资格提出任何反对意见，我的律师也在准备离婚协议书了，而我请的私人侦探已经收集好所有不利于你的证据。我在百慕大的任期一年后就会结束，离婚也会在那时生效。在此之前，在公众场合，我们仍旧会像一对正常夫妇那样。'

"马斯特把手插在裤兜里，客气地俯视着她。这个时候，她脸上掉下了大滴大滴的眼泪。她看起来糟糕透了，就好像被打了一样。马斯特冷漠地说道：'还有什么不清楚的吗？没有的话，你最好收拾好你的东西，然后到厨房去。'他看了看他的手表，继续说道，'晚餐时间定在每晚8点。现在已经7点30分了，你得赶紧准备去了。'"

总督停顿了一下，喝了一小口威士忌，继续说道："根据马斯特告诉我的旁枝末节，以及罗达·马斯特向伯福德太太倾诉的一切，伯福德太太后来也都告诉我了，所有这些结合在一起，不难看出，罗达·马斯特费尽心思，做了很多努力想要使丈夫动摇，她为自己辩护，她恳求对方，她歇斯底里地哭闹。但丈夫都无动于衷，她完全够不着她丈夫。她丈夫如同已经离去，派了另一个人来代替自己与她生活。最后她不得不妥协了。她没有钱，更付不起去往英格兰的交通费。为了温饱得以保障，她只能按照对方说的去做。就是这样一年间，他们一直保持距离生活着；在外头两人相敬如宾，当周边没有人时，他们便分开来，相互不说一句话。当然，我们看到他们夫妇和睦的情景都感到吃惊。他们之间的约定没有向外人透露过，罗达·

马斯特为此感到羞愧,自然不会告诉外人,而马斯特本人更没必要说出来。我们虽然感觉马斯特似乎更离群了,但他的工作仍旧是一流的水准,这也让大家都松了一口气,也都在想或许这段婚姻真的奇迹般好了起来。他们夫妻和睦,信誉也好了起来,很快人们就原谅并且忘记过去的一切,他们又重新成为一对受欢迎的夫妇。

"很快一年过去了,马斯特也是时候离开了。他对外宣称太太会留下处理好房子的事情再跟上,随后他们也照常参加各样的欢送会。他上船的时候,罗达没有去送他,我们对此都感到吃惊,但他也只是告诉我们说太太身体不舒服,所以没能来。日子照常过去,直到两个星期后,英格兰不知哪儿传来他们离婚的小道消息。随后罗达·马斯特出现在了政府大厦,跟伯福德太太有了一次很长时间的会面,最后她把整个事情的经过,包括待会儿我会跟你讲到的那些糟糕事,全盘托出。"

总督把那杯威士忌一饮而尽,轻轻放下杯子,里面的冰块哐啷作响,他继续说下去:"其实马斯特走的前一天,他在洗手间看到了太太留下的纸条,对方只希望在他离开前,可以最后见他一面好好谈一次。在这之前,马斯特也看到过很多这样的纸条,但他总是撕掉,把它们扔在洗手盘上方的架子里。这回他潦草地给对方回复了,告知当晚6点可以在客厅会面。当时间到来,那个委屈的小媳妇从厨房走了出来。她已经好长时间没有吵闹或求他发发慈悲了。现在她安安静静地站在一边,告诉对方,当月的家用只剩下10英镑了,家里已经一贫如洗,倘若对方走了,她只会贫困潦倒。

"'先前送你的那些珠宝,还有裘衣披肩也不少的。'

"'那些能卖出个50英镑就很不错了。'

"'你要找份工作。'

"'找工作也需要时间的。我还要找个地方住。两周后我就要搬出去了。你不给我点什么吗？我会饿死的。'

"马斯特冷漠地看着她,说道:'这么漂亮的小脸蛋,饿不死的。'

"'菲利普,你必须要帮我。必须的。倘若我在政府大厦门前乞讨,你也不会好看的。'

"屋子租来的时候已经配有家具,房东一周前也来确认了物品清单。屋子里除了一些零星物品,没有什么是他们的。此外,他们还持有的就是一辆轿车,马斯特买的一辆二手的名爵小轿车,还有一台收音电唱机,那是他从前为了取悦她而买的最后一个玩意儿,那之后太太迷上了高尔夫球,他就不需费尽心思去逗她高兴了。

"菲利普·马斯特看了对方最后一眼,在那以后他就再也没有见过对方了。马斯特说:'那好吧,车子跟收音电唱机你可以拿去。就这样吧,我还要去收拾行李。再见。'说完他转身走出客厅,上楼回到自己房间。"

总督望向邦德,说道:"至少还给了罗达一点东西,对吧?"总督诡异地笑了笑,继续说,"马斯特离开了,只剩下罗达·马斯特一个人,她开着车,带上她的结婚戒指,还有一些小玩意儿,像狐皮披肩什么的,去了哈密尔顿,找到了一间当铺。最后她的珠宝卖出了40英镑,裘皮换回了7英镑。随后她根据车上仪表板上的标志找到了相应的汽车经销商,并要求见经理。当她表示想要卖出那辆车子,要求开价的时候,对方还以为她在开玩笑。对方回应道:'但是,夫人,马斯特先生购买这车子时是分期付款的,现在还有好些款项没有付呢。想必他也告诉过您,我们一周前已经给他发出一封律师信了吧?后来我们听说他已经离开了,随后他也写信告诉我们说您会过来处理后续的事宜。让我看看,'他取出一份文档,翻了几页,'在这儿,现在车子还欠200英镑。'

"情景你也可以想象得到,罗达·马斯特放声大哭了起来。经过交涉,最后经理同意收回车子,尽管那时的车子还不值200英镑。他还坚持要她当场把车子留下,连同油箱里的汽油也要留下。罗达也只能同意,还谢天谢地没有被控告。随后她走出车库,搬着那台收音电唱机,顶着炎热沿着大街去往下一个地方,她已经猜到在无线电商店会有什么等着她了。果然,一样的套路,只是这一次她需要付10英镑才能说服店主收下那台收音电唱机。随后她搭便车在离家不远的地方下了车,拖着沉重的身子走回去,回到家里,她便倒在床上,那天除了放声大哭,她什么也没做。她已经是个被击败了的女人,现在菲利普·马斯特还要在她身上踩上几脚。"

总督沉默了一会儿,继续道:"相当了不起,真的。像马斯特这样的男人,善良,敏感,连一只蚂蚁也不愿踩死的人,现在我回忆中能想到的这件最残忍的事竟出自他手。"总督淡淡地笑了一下,"不管罗达有多大罪过,倘若她能给马斯特一丝余慰,对方也不会做得这么绝。而事实上,是她唤醒了马斯特的兽性,那股隐藏在人性最深处的卑劣兽性,那股只有在生命安全受到威胁时才会浮上表面的残忍兽性。马斯特想要那女人尝尝苦头,虽说比不上他曾经承受过的苦难,他也知道不可能比得过的,但至少也让对方尝尝由他带来的苦头。赠送她车子跟电唱机的假象都是马斯特苦心策划作为对她后续的惩罚,用来提醒她,让她知道马斯特有多恨她。尽管马斯特已经离开了,但仍旧不想她好过。"

邦德插了句:"这样的经历足以让人崩溃啊。一个人对另一个人的伤害竟能到这样的地步。我倒开始有点儿可怜那个女人了。那个女人,还有马斯特,最后怎么样了?"

总督站了起来,看了一下他的表,惊呼道:"天啊,快半夜了。我居然把侍者,"他笑了一下,"还有你,耽误了这么长时间。"他走到壁炉旁,按了一下铃。一位黑人男管家走了过来。总督因耽误了对方时间道了歉,同时告诉对方可以关灯锁门了。邦德这时也站了起来。总督转向邦德说:"这边请,我接着告诉你后面的事。我们从这边穿过花园,让哨兵给你开个门。"

他们慢慢穿过不同的房间,走下宽阔的阶梯,朝花园走去。这是个晴朗的夜晚,头顶之上,天高云淡,挂着一轮圆圆的月亮。

总督继续说下去:"马斯特仍在公职机构工作,然而他的工作表现没能像刚开始那样超群卓越了。经历过百慕大的那些事情,他身体上的某些东西似乎被掏空了,某些机能好像也死掉了。他徒有一副皮囊,半死不活的样子。都是那女人的错,当然,我想他对那个女人做的事也一直在他脑海里,挥之不去,缠绕着他。他的工作仍旧处理得很到位,但远离人群、缺少人的关怀,使他整个生命变得没有色彩了。他也没有再结婚。最后他被指派参与一个在坦桑尼亚区域种植花生的项目,项目失败后,他就退休回到了尼日利亚生活了,回到了那个世上唯一真心待他的人群中,回到那个最开始的地方。我有时会想起我们年轻时他的那副模样,说真的,有点可悲。"

"那个女人呢?"

"噢,她也过了一段相当狼狈的时光。我们有时也会捐些钱给她,或者找各种各样的活儿给她。她尝试回去当一名空乘小姐,但她先前与帝国航空解约时闹得不太愉快,对方不愿意给她机会了。那时还没有很多的航空公司,空乘小姐的岗位本来就是僧多粥少。同年晚些时候伯福德太太也跟着先生调到牙买加去了,就这样她主要的靠山也没有了。正如我先前说的那样,伯福德太太对她还是挺喜欢的。这回罗达·马斯特接近绝望了。但她仍旧有着一张漂亮的脸蛋,不同的男人会养着她一段时间;但在百慕大这样的小地方,这样的事也长久不了,很快她的名声就臭大街了,她几乎被当成妓女送进警察局。不过老天似乎觉得她受到的惩罚已经够多了,后来伯福德太太的一封信让她免受惊扰。信里柏福德太太表示已经在牙买加帮她寻得一份接待员的工作,就在金斯敦一家最好的酒店——蓝山酒店。接着她就离开了。我猜百慕大的人们也都为她的离开而痛快地松了一口气。从那之后我也被调到罗得西亚①去了。"

这时总督和邦德来到了政府大厦大门前的那块空地。不远处,月光之下,只见四周闪着光,不同颜色的屋顶,白的黑的粉的相互交织,拥挤狭窄的街道,漂亮的隔板屋带着花哨三角屋顶,还有拿索这

---

① 罗得西亚:非洲中南部一地区。

座城市特有风格的阳台。随着一阵嘈杂声,哨兵注意到总督的到来,向其举枪致敬。总督抬起了手,回复道:"好。稍息。"哨兵又是一系列机械动作把枪放下,重新站好,四周又恢复一片宁静。

总督说:"故事到这儿就结束了,然而命运还来了一个急转弯。一天一个加拿大的百万富翁来到了蓝山酒店,在那儿过冬。最后离开时他带上了罗达·马斯特,带她回加拿大并娶了她,从此她过上了安逸奢侈的生活。"

"好家伙,她倒真走了狗屎运。不太配啊。"邦德说道。

"我倒不这么认为,事情很难说。生活总不按常理出牌的。或许她对马斯特所造成的伤害,命运觉得她已经得到应有的惩罚了。或许马斯特的父母才是真正的罪人,他们让马斯特成了一个容易受伤的人。他们给了马斯特这样的成长环境,这就可以想象得到他的人生中避免不了会有情绪崩溃的时刻。命运只是刚好选择了罗达去做这个施者。现在命运奖赏了她所做出的贡献。这些事确实很难评判。不管怎样,罗达在加拿大生活得非常愉快,今晚没准在享受良宵呢。"

邦德笑了起来。他突然觉得自己那充满暴力戏剧化的人生似乎非常空洞。卡斯特罗叛军,还有那条烧焦的游艇,这些只是廉价报纸上一则危险新闻里的一个小道具。一个无聊的晚宴,身旁坐着一个无趣的女人,一次偶然的对话,竟为他翻开了一页真正残暴的篇章。这出人间喜剧,里面混杂的人性是原始真实的,命运在里面展开的游戏,比政府为秘密情报局策划的任何阴谋来得还要真实。

邦德转过身面向总督并抓住对方的手,感谢道:"谢谢你给我讲这个故事。我想我欠你一个道歉。刚刚我还觉得哈维·米勒太太是个枯燥无味的人。感谢你,我想我会记住她的。我应该对他人多点关注,不应忽视他们的存在。你教了我很多。"

他们相互握了握手。总督笑着说道:"我很高兴你对这个故事感兴趣。我还在担心或许你会觉得无味。你过着刺激多样的生活。实话告诉你,我刚刚还在为晚餐后要跟你谈些什么感到不知所措。要知道,在殖民地公职机构的生活向来单调乏味。"

他们互道晚安,随后邦德沿着安静的街道向码头的不列颠殖民地酒店走去。他想到了明天早上还要跟迈阿密海岸警卫队以及联邦调查局的人员会晤。明天的会晤,先前他是很感兴趣,甚至感到激动的,但现在他只觉得这些无聊并且没有任何意义。

借"刀"杀人

"在这里交易风险太大了。"

对方浓密的棕色胡子下缓缓吐出了这些话,凌厉的黑色眼睛缓缓移动着,从脸部到双手,上下打量着对面的邦德。而邦德则若无其事地埋头在把玩,手撕着一盒纸梗火柴,火柴盒上印着"克伦巴德欧若酒店"。

其实詹姆斯·邦德早就感觉到对方注视的目光了,早在两个小时前,当他出现在指定会面地精益酒吧等待对方时就已经开始。此前,邦德照吩咐在这里寻找一个长着浓密胡子、独自一个人喝着亚历山大鸡尾酒的男人。邦德对这个隐秘的身份识别暗号感到有趣。用一杯乳脂状的、女人爱喝的饮品作为暗号,总比那些手持折叠报纸,在胸前放朵花儿,或戴着旧时黄色手套的潦草套路要聪明得多。这样的暗号还有一个优点,那就是只需一个人这样做,另一人就可以识别出。而克里斯塔多早已开始对邦德进行一些小测试了。当邦德走进酒吧，环顾了一下这个大概有二十人的房子，然而发现没人长着胡子。但远处一个别致、不显眼的角落里摆放着一张桌子，桌子的一边摆放着一小碟橄榄，还有一小碟腰果，旁边的高脚玻璃杯里装着的正是乳脂和伏特加酒。邦德直接走向那个桌子，拉开椅子便坐了下来。

侍者走了过来，说道："晚上好，先生。克里斯塔多先生正在通电话。"

邦德点了点头，说："要一杯内格罗尼酒，掺哥顿金酒，谢谢。"

侍者走回吧台，朝里面喊了声："内格罗尼酒，掺哥顿金。"

"不好意思。"一只毛发茂盛的大手轻轻地拉过一张椅子，仿佛在拾起一个火柴盒那般轻松，然后一屁股压了下去，补充道，"刚刚不得不跟阿尔弗雷德通了个电话。"

他们之间没有握手，倒像是熟人。或许，他们是同行，做着进出口之类的买卖。年轻的那位看着像是个美国人。不，美国人不会这样穿着的，他应该是个英国人。

邦德快速回应道："他的小男孩怎么样了？"

西格诺尔·克里斯塔多眯起了那双黑色眼睛，是的，他们说过这个人很专业。他无奈地摊了摊手，说道："还是老样子。还能指望些什么呢？"

"小儿麻痹症确实不好治。"邦德答道。

这时，邦德的内格罗尼酒来了。两个男人随意地靠着椅子坐着，彼此感觉到对方实力与自己不相上下，为此都感到满意。在这样的"游戏"中，能找到旗鼓相当的对手是很难得的。很多时候，甚至在一开始，当一个人向另一方抛出这样需要配合的任务时，另一个人已经胆怯，没有信心继续下去了。在邦德的印象中，这样的会面，空气中时常会弥漫一股淡淡的硝烟味。邦德知道照目前这个情形看来，他所打的掩护刚好能过关。现在炉火已经开始慢慢烧起来了，一切都需小心谨慎，一不留神，里面的家伙就会突然蹿起来，哪时只怕他会被烧成灰。这场游戏正式开始了，是否可以安全撤离，等待机会，射杀别人或被别人射杀，全凭他的表现了。但目前为止，这次的会面一切顺利。

夜里再晚些时候，在西班牙广场那家叫克伦巴德欧若酒店附近的小餐馆里，邦德饶有兴致地发现，克里斯塔多仍旧观察跟打量着他，在考虑他是否值得信赖。这是一场危险的交易，克里斯塔多对邦德近距离地考察了这么久，基本上相信两人之间可以展开某些合作。邦德受到了鼓舞，他先前是不太相信克里斯塔多的，但现在可以确认的是，对方对所有事均秉持小心谨慎的态度意味着 M 局长的直觉没错，克里斯塔多手里的确掌握着重要的情报。

邦德把最后那点碎火柴扔进了烟灰缸，和善地说道："我听说过，任何的买卖只要酬劳超过 10% 或者需要在晚上 9 点以后才能进行的都是危险的买卖。这个买卖让我们聚到了一起，酬劳达1000%，而且几乎都是在深夜进行，显然是桩相当危险的买卖。"邦德降低了他的声音说，"酬金要多少有多少。美元、瑞士法郎、委内瑞拉银币——都可以。"

"我听着高兴。我已经有太多里拉①了。"西格诺尔·克里斯塔多拿起了餐单,"还是先吃点东西吧。人可不能在肚子饿的时候做重要的决定。"

一个星期前,M局长通知邦德到他办公室。那时的M局长有点儿暴躁,他问道:"手上有什么任务吗,007?"

"只有一些文书工作,局长。"邦德答道。

"什么意思?只有文书工作?"M局长把手上的烟斗指向自己的那堆文档,"谁没有些文书工作。"

"我的意思是没有什么实际任务,局长。"邦德解释道。

"好,那我直接说吧。"M局长拿起了一沓用带子捆扎起来的深红色卷宗,从桌子一端快速推了过去,邦德在另一端迅速接住,"这里有大量的资料,有些是苏格兰场②那边提供的,里面大多是吸毒者的资料。一部分资料是内政部跟卫生部提供的,还有一大沓相当有用的报告由日内瓦国际麻醉药管制委员会的人员提供。拿走熟读它,你可以在今天白天还有今晚通读掌握,然后明天飞到罗马,去追击一个大头目。明白了吗?"

邦德表示明白。从M局长的语气中,显然表明了他生气的原因。M局长向来讨厌调派他的手下去进行其他工作。他们是专门从事情报间谍活动,必要时可以对任何活动进行破坏和颠覆,任何

① 里拉:意大利货币单位。
② 苏格兰场:伦敦警察厅。

的外派都会造成对情报局人才及经费的滥用,那少得可怜的经费,天知道这次又要花多少呢。

"还有什么问题?"M局长的下巴向前伸着,看着像是一个船头,似乎在告诉邦德没什么事就赶紧拿起卷宗快出去,不要妨碍他处理其他要事。

邦德知道M局长并非真的那么愤怒,他只是在做做样子而已,而他表现出来的,或还只是一小部分。M局长脑袋里有些奇思怪想。他们在情报局里很出名,M局长向来也清楚,但这并不意味着他会允许他们闲下来。如同一个蜂群,里面有蜂后,还会有工蜂,它们各司其职,毕竟追求真理与渴望情报是不一样的,而现在蜂后在情报局里滥用自己的权力,而下属如同工蜂听其差遣。这里头还涉及M局长的一些特有的行事风格,例如不招聘带有胡须的男人,或完全精通双语的人,会立马解雇那些通过内阁成员的家庭关系尝试带给他压力的人员,他不相信那些太讲究穿着的男男女女,那些在下班后仍称呼他"局长"的人;还有那些对苏格兰有着极高热忱的人。但邦德认为,M局长本身也对自己的强迫症有自嘲式的认知,如同丘吉尔和蒙哥马利一般。他从来不在意自己所面临的绝境,实际上这些根本称不上绝境,只是有点小困难而已。更何况,他从来没有想过在不做适当指示的情况下派邦德出任务。

邦德对这些也是清楚的,他温和地说:"两个问题,局长。一是我们为什么要参与这个事情,谁主导的,还有就是一站已经接近过目标人物了?"

M局长凝重、阴沉地看了邦德一眼,他把椅子转到一边,这样他就看到窗户外的高空中,慢慢掠过天际的 10 月的云朵。他伸手从桌上拿起了烟斗,用力地吹了吹,仿佛把脑袋里的怒气吹走了一半,随后又轻轻放回原处。等他再次说话时,他的声音变得冷静、理性了:"007,估计你猜得到,我并不愿意情报局参与到这些毒品买卖的事情中。今年早些时候,没办法之下,我只能调派你出去,到墨西哥去对付那些种植鸦片的人,整整两个星期,你几乎掉了性命。先前愿意调派你,也只是看在政治保安处的面子上,这回他们想要再次让你去对付这群意大利家伙,我拒绝了。罗尼·瓦兰斯在我背后偷偷去了一趟内政部和卫生部,两位部长便对我施压了。我告诉他们,我这里需要你,也没有其他的人手可以派出去。两位部长竟去找首相了。"M 局长停顿了片刻,"事情就是这样了。我不得不说首相是个劝说能力一流的人。他跟我说海洛因的运输其实就是一场心理战,倘若大量的海洛因涌进了这个国家,会渐渐削弱掉这个国家的力量。他说这不仅仅是一群意大利人从我们国家赚一笔大钱的问题,这些海洛因给我们带来的损害是钱弥补不了的。"M 局长苦笑了一下,"我想这系列的说辞是罗尼·瓦兰斯给出的。显然他的手下正在全力阻止这些麻醉毒品流入我们国家,以免我们的青少年如同美国的青少年一般,染上毒瘾。然而舞厅还有娱乐场所似乎四处都是兜售毒品的毒贩。瓦兰斯的幽灵战队混到其中找到一个中间商,如料想的那般,他们发现所有的毒品都来自意大利,都是藏在意大利的旅游汽车带进来的。瓦兰斯得到了意大利警察还有国际刑警的协助,所有能做的都做了,仍旧一无所获。目前他们只找到一些管道,抓了一些小人物,随后,仿佛就快要摸到关键点了,却又中断,毫无进展了。那些核心人物或许是太害怕而不敢轻举妄动,也或许是酬金太过丰厚,他们对此守口如瓶……"

邦德打断道:"或许他们躲到某些地方了,局长。那群意大利人的买卖看上去也没想象中顺利。"

M局长耸了耸肩,不耐烦地说:"或许吧,或许。你也要去把这些揪出来,我总感觉这些意大利人的涉案金额庞大。不管怎样,首相下令要我跟进时,我倒想起要跟华盛顿那边通个话。这回中央情报局帮了不少忙。你知道的,战争以后,毒品调查科就在意大利安置了一组人马,这组人马隶属于美国财政部,专门跟进毒品走私跟伪造假币的犯罪,跟中央情报局没有什么关系。这事听起来有点儿天马行空。我常在想联邦调查局会怎么想这事。然而,"M局长把椅子慢慢地转了回来,他双手抱着后脑勺,靠着椅背坐着,眼睛则盯着对面的邦德,继续说道,"问题是中央情报局罗马站与这个小小的毒品调查科往来得相当密切,他们会经常交流以防在一些线索上或行动上有所冲突。事实上是中央情报局的艾伦·杜勒斯,把毒品调查科头目在毒品调查科用的名字给了我。那人叫克里斯塔多,显然他有双重身份,一边是毒品调查科头目,作为掩护他同时又是一名毒贩。杜勒斯表示他肯定不会让他下面的人参与这件事,他也相信国家财政部的人不会希望他们罗马站跟我们情报局联系过密。但他也表示,倘若我需要的话,他可以给克里斯塔多带话,表示我们的一个最出色的特工想要跟克里斯塔多联系,一起做桩买卖。我向他致谢并表示非常愿意,昨天我也得到通知,后天——也就是明天的会面地点已经确定下来了。"M局长指了指邦德面前的卷宗,"所有细节资料都在里面了。"

彼此沉默了一会儿。邦德在想整个事情听着感觉不太好,估计会很危险,并且恶心。最后他评估了一下整个任务的胜算,便站了起来拿起面前的卷宗,说道:"明白了,局长。这里头装的好像是钱。这个差事打算拨出多少钱呢?"

M局长身子往前一凑,双手按在桌子两边,强硬地说道:"10万英镑,可以用任何货币支付。这是首相的预算。但我不想你受伤,也不想别人有所损失。因此我再拨你10万英镑,情况危急的时候可以用到。毒品是规模最大、行动最隐秘的犯罪。"M局长从收文篮里拿出一份带有标记的文档,头也没有抬地说道,"万事小心。"

西格诺尔·克里斯塔多拿起了餐牌,说道:"我就不拐弯抹角了,邦德先生。你能出多少?"

"事成后5万英镑。"邦德答道。

克里斯塔多若无其事地说道:"嗯,不错的买卖。我要来一份甜瓜意大利烟熏火腿,还有巧克力冰淇淋。晚上我一般不吃那么多。这个地方有自己的基安蒂红葡萄酒,我建议你可以尝尝。"

侍者走了过来,用欢快的咔嗒不停的意大利语询问需要些什么。邦德点了份意大利干制面条,配热那亚汁。克里斯塔多倒表示这汁让人匪夷所思的是用罗勒叶、蒜头还有冷杉球果油调出来的,口味颇重。

侍者已经离开,克里斯塔多坐在那儿安安静静地嚼着一根木牙签。他的脸慢慢地变得阴沉阴郁,仿佛想到了什么不好的事。那双凌厉黑色的眼睛闪烁，掠过邦德，不停地打量着这家餐馆。邦德猜想克里斯塔多正在犹豫着是否要背叛某人，最后考虑着是否该达成这桩买卖。于是邦德趁机鼓励对方："如有必要，酬劳还会增加。"

克里斯塔多似乎已经做好决定了，问道："是吗?"他把自己的椅子推开，站了起来，说道："不好意思，我要上一趟洗手间。"随后他转身快速向餐馆后面走去。

这时邦德才意识到自己已经饥渴得不得了。他给自己倒了一大杯基安蒂红葡萄酒，一下子喝了半杯。他掰开面包，涂上了黄油，大口地往嘴里塞。他在想为什么只有法国和意大利的面包卷和黄油才特别美味。他脑海里什么也没有，他相当有信心，对方同意也只是时间的问题。克里斯塔多是一个高大、稳重的男人，美国佬向来相信他。他或许在给某人打一通电话，做最后决定。邦德顿时感到精神倍增。他看着玻璃橱窗外的人来人往打发时间，外头一个骑着自行车的男人从他面前驶过，手上兜售着某个党派的党报。自行车前面的车篮里，一面三角旗在迎风飞扬。旗子红白相间，好像写着："浦罗格雷索? 去! 冒险? 不!"邦德笑了笑，可它就是这样写的啊。还是想想接下来的任务吧。

餐馆的另一边，一个简单的角落里，靠近收银处的桌子上，一位身材丰满、亚麻色头发的女人，做作地对富家公子哥说："他这么冷酷，却又长得这么帅。间谍人员通常没有这么好的皮囊。我的小鸽子，你确定没错吗?"

男人看上去心情很好，正在好好享受着面前那碟韧劲十足的意大利面条,嚼得有滋有味的。他用那张已经沾有番茄酱渍的餐巾擦了下嘴,响亮地打了一个嗝,缓缓说道:"桑托斯在这方面从不会出错。他对间谍很敏感,鼻子一嗅就知道。我选择让他长期跟踪克里斯塔多那杂种不是没道理的。除了间谍又有谁会平白无故地跟那头猪待一个晚上?但我们要确认一下。"他从口袋里掏出一罐廉价的甩炮,就是那种通常在狂欢会上跟纸帽子、口哨一起发放给群众的小玩意儿。他向地上抛了一个,发出了刺耳的响声。餐厅领班听到声音,立马停下了自己手头的工作,从餐馆的另一端匆忙赶了过来。

"有什么吩咐吗,老板?"

男人打了个手势让领班凑过来,在他耳边说了几句。领班轻轻点了点头,朝厨房旁一个挂着"办公室"门牌的房间走了进去,顺手把门关上。

一步接着一步,一分钟时间内,专业的服务人员井然有序地进行着他们的工作。而坐在收银台旁的男人一边大声嚼着他的意大利面,一边审视着当前局面的每丝变化,仿佛在观赏着一场快棋赛的博弈。

只见餐厅领班从办公室里走出来,匆忙赶到厨房,大声地朝副领班吩咐道:"再加一张四人桌,马上。"对方看向领班,点头表示知道了。随后他跟着领班走到邻近邦德的一块空的位置上,打了个响指让其他侍者过来帮忙,他从其他两桌客人那里借来两张椅子,随后弯腰以示歉意。他把邦德那桌的空椅也搬走了。副领班把椅子对称摆好,吩咐侍者把桌子放在椅子中间,把玻璃杯跟餐具也熟练地摆放整齐。这时领班也回来了,手上正搬着从办公室直接搬来的第四张椅子。这时他见状皱了下眉:"怎么摆了四人桌?我说过了三人,三人用餐。"随即他把手上的椅子放到了邦德那桌,挥了挥手让帮忙的人都散去,其他人也就纷纷散开了。

餐厅的人儿糊里糊涂地快速地忙活了大概一分钟,随后三个看上去十分平常的意大利人走了进来。餐厅领班亲自招待他们并把他们带到刚刚摆好的餐桌边,这盘棋局就这么开始了。

而一边的邦德一心想着自己接下来的行动,几乎都没有留意到身旁的人。待克里斯塔多忙完他手上的那些事,他们的晚餐也正好到来,于是他们开动了。

他们就餐时谈的无非是意大利选举,阿尔法·罗密欧(汽车品牌)的新车,意大利跟英国的鞋子的区别之类的一些无关紧要的事。克里斯塔多口若悬河,他似乎知道所有事情的内幕,而且他讲这些内幕消息时轻松自然,听着一点儿都不像是故弄玄虚。他说话时用着自己一口独特的英语,时而夹带些其他语言的一些短语。这样生动的混合语言,邦德听起来觉得很有趣。克里斯塔多是个很厉害的知道内情的人,相当有用。难怪美国的情报人员也觉得他有价值。

咖啡来了。克里斯塔多点了一支小小的黑雪茄,叼着雪茄继续说着话,雪茄在他紧绷的薄唇上跳上跳下。他把双手平放在桌面上,看着面前的桌布,柔声说道:"这个买卖,我跟你做。到现在为止,我只跟美国人合作过,我不会告诉他们我跟你的事,因为没必要。这回涉及的也跟美国无关,界限要明确开来,只跟英国有关。是吧?明白了吗?"

"我明白。每个人都有自己的界限,这很正常。"邦德答道。

"很好。现在,在我提供信息给你前,做个实诚的商人,先把条件谈好,好吧?"

"当然。"

西格诺尔·克里斯塔多的眼睛更仔细地端详着面前的桌布,说道:"第一个条件,我要 1 万美元,小额现钞,明天中午前就要。事成后,我希望再要 2 万。"西格诺尔·克里斯塔多眼睛快速往上一瞄,留意着邦德的表情,补充道,"我并不贪心。我也没有把你的那份全要了,不是吗?"

"价格很合理。"邦德答道。

"很好。第二个,你不能透露信息的来源,哪怕严刑逼供。"

"那肯定。"

"第三个,这个组织的老大是个十恶不赦的人。"克里斯塔多停了下来,抬头看着对方,他黑色的眼睛闪着一丝红光,他拿下雪茄,干燥紧绷着的嘴巴吐出几个字,"我要他完蛋,去死。"

邦德身子往后,靠在了椅背上。他疑惑地注视着对面的家伙,对方的身子正稍稍往面前的桌子处倾,等待着他的答复。事情看来没那么简单了!这里头有私人恩怨,克里斯塔多想要借刀杀人。并且他没有打算付给枪手酬劳,反而打算因透露敌人消息而得以优待,得到枪手的奖赏。一石二鸟!这回这个毒贩子在耍着一个大诡计,他想借用机密情报局的力量去清除他个人的障碍。邦德轻声问道:"为什么?"

西格诺尔·克里斯塔多冷漠地说道:"打探这么多,听到的只会是假话。"

邦德把他的咖啡一饮而尽。一些大型的联合犯罪里面情况总是很复杂,而人们看到的永远只是冰山一角。但对于他来说,又有什么关系呢?邦德接受这个特殊任务,他只想圆满完成。至于其间别人是否能从中捞到些什么好处,没人会关心,M 局长也更不会关心这个。邦德先前已经得到指令要把这个组织毁灭。如果那个不知名的家伙就是那个组织的头儿,那只需照吩咐把他解决掉就好。邦德说道:"你要知道我保证不了这个。我只能说,如果对方想要杀我,那么我必定会解决他。"

西格诺尔·克里斯塔多从桌上的支架抽出一根牙签,把外面的纸皮撕掉,然后用牙签剔除他指甲里的脏东西。清理完一只手后,他抬起了头,说:"没把握的赌局,我通常不下注。这回我愿意干,是因为下赌注的是你,不是我。明白吗?现在我把消息告诉你,随后你自己上场。明晚我就飞卡拉奇①,那儿我还有桩要紧的买卖。我只能提供你信息,其余的靠你孤军奋战了。"他把脏牙签往桌上一扔,最后加了句,"结局会怎么样呢,怎么样呢?"

"好。"

西格诺尔·克里斯塔多把椅子挪到邦德边上,低声快速地向他道出一些消息。他把平常交易的时间、地点、人物等信息细节都一一说出,以示信息的真实性。他说话一点儿都不含糊,也不费时间在一些无关紧要的旁枝末节上。讲的内容不多,却都是干货。他告

①　卡拉奇:巴基斯坦港市。

诉邦德,这个城市有 2000 名美国枪手,这些意大利籍的美国枪手都是从前被判刑,从美国驱赶出来的。他们无恶不作,都列入了警察的黑名单之中。由于他们都有前科,连自己国家的人都提防着不想雇佣他们。他们其中最厉害的 100 多号人筹集了资金自己干起了一些勾当,小部分精英骨干人员窜到了贝鲁特①、伊斯坦布尔②、丹吉尔③或澳门等全球大型的贩毒中心,为贩卖毒品的事情奔走。相当多的一部分人员作为通讯员专门负责毒品运输,而通过提名任命,一些人则成为老板在米兰经营着小型正当的医药企业。以此作为中心,其他人员从中走私鸦片跟其他毒品衍生物。他们打通了水陆空三线运输,有船只载着货物穿过地中海,有一群干事在意大利租赁航空公司提供支援,他们还收买了东方快车伊斯坦布尔号的清洁人员,让他们把货物藏在列车的椅垫间,通过列车来运输毒品作为每周的货物供应。而在米兰的公司,也就是南美洲法玛西亚哥伦比亚公司则作为情报交换站,以及便捷中心,负责把原始鸦片提炼加工成海洛因。那里的通讯员,用不同的手段把毒品藏到汽车里运输至英格兰当地的经销商。

邦德打断了他,问道:"我们的海关人员都知道这些勾当的,车子哪里可以藏东西,他们清楚得很。货物都藏在哪里?"

"通常藏在备胎里。一只备胎里面可以藏价值 2 万英镑的海洛

① 贝鲁特:黎巴嫩的一港口。
② 伊斯坦布尔:土耳其城市。
③ 丹吉尔:摩洛哥港口城市。

因。"克里斯塔多回复道。

"把东西带到米兰或者送出去时,他们难道都没有被抓获过?"邦德问道。

"当然被抓过,而且很多次。但这些都是经过良好训练的人,很强硬,通常什么也不会招。如果他们被判刑,在监狱里每一年都可以拿到1万美元的补偿金,而且他们的家人也会被善待。无非就是在牢里待上一两年,他们还可以得到一笔可观的收入。你好,我也好,这是个需要大家都配合的工作。付出的人都可以得到一份酬劳,而他们的头儿则有一份特殊的分红。"

"知道了。那么,他们的头头是谁?"

西格诺尔·克里斯塔多的手伸向嘴边的方头雪茄烟,用手挡在嘴边,轻声说道:"他叫恩里科·科伦坡,人们管他叫'鸽子',是这家餐厅的主人。我带你来这儿,就是为了让你有机会见到他。他就坐在收银台那边,那个亚麻色头发的女郎身旁坐着的胖男人就是他。那个女人从维也纳来,叫莉莎·鲍姆,是个骚气十足的妓女。"

邦德吃了一惊:"她就是,是她啊?"他甚至不需要抬头看就知道是谁,一进餐厅还没坐下他就注意到那个女人了。在餐厅的所有男人大概都不会错过这样的尤物吧。她一副愉悦、大胆、热情开放的样子,人们心中的维也纳姑娘大概也就是这样,然而实际上维也纳姑娘的作风并非如此。她精力充沛,魅力四射,点亮了屋子的那个角落。一头淡金色的超短发,野性十足,小巧的鼻子,宽大的嘴巴,开朗地笑着,脖子处绑着一条黑色缎带。邦德知道整个晚上她都不时地看向自己。而她身旁的男人看着倒像是那种富有、乐观、讲究生活的人,能跟这样的爱人交往一段时间,想必她会很高兴。那男人必定很大方,能让她过一段好日子。爱情、面包都在手,也没什么遗憾的了。大体上,邦德对那男人感觉还不错,他向来喜欢开朗、有钱懂得享受生活的人。可惜邦德不能拥有那女人,她在他那儿至少能得到很好的照料。然而现在呢?邦德看向餐厅另一端,那对男女正在有说有笑的,男人拍了拍女人的脸蛋,站了起来走向那间办公室,关上了门。这就是那个一直控制着毒品运输路线把毒品送入英格兰的家伙了。M局长可是出10万英镑要他的脑袋呢。而克里斯塔多也想借邦德之手置他于死地。好吧,他最好赶紧开工。邦德直直盯着那个女人,当她转过头也看向他时,发现他在对自己笑。她扫了他一眼,嘴巴只微微地翘了一下,便从盒子里抽出一支香烟,点着,头稍稍一抬,把烟雾轻轻吐向上空。她的轮廓很漂亮,看似是在享受着香烟,然而邦德知道她是故意做给他看的。

附近的电影院差不多要散场了,餐厅要准备迎接那批观影完毕的顾客了。餐厅领事正在督促着手下的人员把客人已经离去的空桌收拾好,重新布置。又是一阵忙碌,侍者们动作熟练地把餐巾铺放到桌子上,伴随着玻璃杯和餐具的碰撞声,桌面又是一副整齐的模样。模糊中,邦德感觉他桌边的一张空椅子被快速挪走,被用来去拼凑旁边的六人桌。他开始询问克里斯塔多更多的一些细节问题,如恩里科·科伦坡的个人习惯,他住在哪儿,米兰公司的地址,他还对什么生意感兴趣之类的。他没有留意身旁的那张空椅子从空桌子挪到另一处,然后再挪到另一处,最后搬进了办公室。当然,他没有任何理由去留意这个。

　　这时椅子被搬到了办公室,恩里科·科伦坡挥手示意餐厅领事出去,随后锁上了门。他走到椅子边,把上面的方形椅垫拿开,放到桌子上。他把椅垫一边的拉链打开,从里面拿出了一个磁带录音机。他按停了录音机,倒带,再重新开始播放,调好速度和音量后,他坐在桌子上,点了一根烟,听着录音。他不时地调速,或者重复播放某些段落。最后,录音机里传出了邦德吃惊的声音:"她就是,是她啊?"然后声音停止了,伴随而来的是餐厅嘈杂的声音,恩里科·科伦坡关掉了录音机,安静地坐在桌子上看着面前的机器,足足一分钟。他面无表情,全神贯注地在想着某些事。随后他看向了别处,眼神却空无一物,轻轻地骂了声:"该死的狗杂种。"他慢慢地站了起来,走到了门边,开了锁,又回头瞥了一眼那台录音机,再次强调了一遍,"该死的狗杂种!"随后他走出了办公室,回到他的位子上。

　　恩里科·科伦坡快速急切地跟那女人说了几句。女人边听边点头,同时望向了另一端的邦德。此时邦德跟克里斯塔多正起身准备离开。她压低了嗓子愤怒地骂着科伦坡:"你真恶心。每个人都是这么说你的,大伙儿都让我提防你,看来他们是对的。你以为在你的这间破餐厅请我吃了顿饭,就有权下三烂地侮辱我。"女人骂着骂着,声音越来越大。现在她抓起手提包,站了起来准备离开。她正好站在了邦德想要离开的那条道的桌子后,挡住了邦德。

　　恩里科·科伦坡气得黑了脸,他也站了起来,骂道:"你这个该死的澳大利亚婊子……"

"你怎么敢侮辱我的家乡？你这只意大利癞蛤蟆!"女人一边回骂道，一边拿起身旁还剩下半瓶的红酒往男人脸上泼去。男人朝着女人走过去，她退后时踉跄了几步，正好撞到了邦德身上。而这时的邦德正跟克里斯塔多站在一块儿，礼貌地等待着对方离开。

恩里科·科伦坡站在那里喘着气，用餐巾把脸上的红酒抹掉。他狂怒地对那女人说道："你不要指望再踏进我餐厅半步!"往前面的地板吐了几口唾沫后，他转身，大步走进了办公室。

餐厅领事闻声匆忙赶来。这时餐厅里的每个人都停下自己手头上的动作，在盯着这场闹剧。邦德伸手搀扶着面前的女人，问道："让我送你出去？"

她挣开了邦德的手，依旧生气地骂道："天下乌鸦一般黑。"这时她才想起自己失礼了，生硬地说，"我不是说你，你是好人。"随后她傲慢地走向餐厅的出口，而邦德紧随其后。

餐厅里一阵侍者忙碌的嗡嗡声和餐具摆放碰撞的声音。每个人都兴致勃勃地讨论着刚刚发生的情景。餐厅的领事，表情凝重地站在门口，为他们打开了门，他向邦德道歉道："很抱歉，先生。谢谢惠顾。"这时一辆出租车慢慢驶了过来，领事召唤了车子停到人行道边，并打开了车门。

女人上了车。邦德也紧跟着上去，关上了车门，朝着窗外的克里斯塔多说道："明天早上我会给你电话的，好吧？"没等对方答复，他就靠回到位置上，朝座位另一端的女人问道，"你要去哪里呢？"

"艾姆巴萨杜酒店。"

车子走了一小段路，他们彼此都没有说话。这时邦德打破沉默,问道:"要不要先找个地方喝点什么?"

"不了,谢谢。"她迟疑了一下,"你很好,但我今晚有点累了。"

"那改天晚上?"邦德问道。

"或许可以,但我明天要到威尼斯去。"

"我也刚好要去那里。明晚能赏脸一起吃个饭吗?"

女人笑了笑,说道:"我一直以为英国人都很腼腆的。你是英国人,是吗? 你叫什么名字? 做什么的?"

"没错,我是英国人。我叫邦德,詹姆斯·邦德。我是个作家,专写冒险故事。我正在写一部关于走私贩毒的小说,发生在罗马和威尼斯。问题是我对这方面知道得不够多。所以我准备去探探路,找点素材。你知道其中的一些故事吗?"

"这就是你跟那个克里斯塔多一起就餐的原因。我认识他,他名声不好。不知道,我不知道什么故事。我知道的跟普通人一样多。"

邦德饶有兴致地说道:"那正是我想要的。我说的'故事'指的不是小说。我指的是或许离真实很近的一些高级别的八卦消息。那些八卦对于一个作家来说像钻石一样宝贵。"

她笑了起来,问道:"你指的是,我们常说的那些钻石?"

邦德答道:"是的,我不是完全靠当作家为生,我也卖过一些电影剧本,如果我的故事足够逼真的话,我敢说他们真的会买去拍电影。"他把手伸了过去,搭在她那只放在膝盖上的手上。她没有把手抽开。邦德补充道:"是的,钻石,像梵克雅宝①的钻石夹那样珍贵。成交?"

现在他们已经到达艾姆巴萨杜酒店了,这时她才把手抽出来,拿起旁边的手提包,转过头面向他。这时酒店的门卫已经替她打开了车门,街道上的光投射进来,照得她的眼迷离闪烁。她很认真地审视着他的脸,说道:"天下乌鸦一般黑,但至少有些没那么黑。好吧,我会再跟你见面的,不过不是一起聚餐,也不在公众场合。我每天下午都到利多岛②晒日光浴。我不去那些人多的海滨,只到岛最南边的阿尔罗贝尼活动,英国诗人拜伦过去常在那儿骑马呢。后天下午3点,你可以坐水上巴士到那儿找我。我要在入冬前好好享受最后一次日光浴。那里会有很多的沙丘,在那把淡黄色大阳伞下的,就是我。"她微微一笑,说道,"然后你敲敲伞,说来拜见莉莎·鲍姆小姐就可以了。"

她下了车,邦德也跟着走了过去。她伸出手来:"谢谢你的关照。晚安!"

邦德握了握她的手,说道:"那就,后天下午3点,我们到时见。晚安!"

她转身走上了酒店前弯曲的台阶。邦德若有所思地看着她,随后转身回到了出租车上,告诉司机到国民酒店。他靠着椅背,一路上看着窗外闪烁的霓虹灯穿梭而过。目前几乎一切都进展得太顺

---

① 梵克雅宝:法国著名奢侈品品牌。
② 利多岛:意大利威尼斯附近一个小岛。

利了,包括这出租车也在飞速狂奔。邦德心里有些不安,现在唯一可控的就是这辆车了,于是他凑向前,告诉司机不着急,开慢点。

从罗马到威尼斯首选的是拉古纳快线,每日正午发一趟车。邦德早上在 I 站用密线跟伦敦总部费尽口舌地通了一番话,差点就误了班车。拉古纳快线设计时尚,线条流畅,然而只是金玉其外。车厢里专为体型较小的意大利人设计的座椅,让邦德坐得有点窘促;列车里面空气不流通,员工推着餐车在不同车厢间往返,忍受着来自全球各地的旅客,尤其是外国旅客混杂在一起的糟糕气味。邦德坐在铝合金车厢靠后的过道边上,正好是车轴上方。车速很快,颠簸得很,窗外哪怕大风刮来了凌霄宝殿,他也没心思去观赏。他把目光放在车厢内,看着一本不停晃动的书,桌上的基安蒂红葡萄酒晃晃荡荡地溢出洒到桌布上。他不时挪动着那双僵硬的长腿,也不时咒骂着意大利的破列车。

终于来到了梅斯特火车站,周边的景象如同一幅 18 世纪的铜板雕刻画,而铁路像一根死气沉沉的手指直直地伸向威尼斯。列车继续前进,迎面而来的景象惊艳得让人颤抖不已,久久不能忘怀:大运河水波激滟,河水晃晃荡荡地流向天际,融入斜阳殷红的余晖中,随后格瑞提皇宫酒店看起来富丽堂皇,让人不禁想要兴致勃勃地体验一番,邦德早该在里面订上最好的大床房的。

当晚,邦德如同流水般散尽千金,塑造了一个有着远大前程、享受高端精致生活的作家形象。他去了哈尼酒吧,佛罗莱恩咖啡馆,最后还走进了夸德里咖啡馆,他想要找一个姑娘,一个对他先前所

塑造的形象感兴趣的姑娘,建立关系。不管这位游客此行的目的有
多么崇高或严峻,在威尼斯的第一个夜晚,他还是短暂地兴奋了一
阵,最后他愉快地走回格瑞提皇宫酒店,整整八个小时,酣然入睡,
一夜无梦。

　　5 月跟 10 月是观赏威尼斯最佳的时节。那时的白日阳光柔
和,夜里则挟着凉爽的微风。曼妙景致和清新空气可以让旅客饶有
兴致地走上数英里各种样式的石路也不觉疲倦,不像炎炎夏日那
般,走上几步就受不了。那时游客也没那么多。威尼斯是世界上一
个独特的可以一下子轻轻松松容纳下十万游客的城市,它毫不费力
地把数千人藏在各条小道上,挤进宏伟的露天广场中,塞到水上穿
梭的巴士上,四处营造一副人山人海、熙熙攘攘的景象,然而人少的
时候,跟零零散散的小旅行团和穿着皮短裤的散客一起休闲地游览
这座城市也别有一番风味。

　　邦德第二天花了一个早上漫步在错综复杂的小街上,希望能找
到一些线索。他参观了几个教堂,其实他并无闲情观赏教堂的建筑
之美,只是为了能出其不意地快速从侧门溜走,再回头观望是否有
人偷偷跟着他从正门进来。确定没人跟踪后,邦德去了佛罗莱恩咖
啡馆,点了一杯美式咖啡,听着身旁两个自命不凡的法国人喋喋不
休地评论着圣马可广场前游客比例严重失调的情况。邦德听着只
觉无聊,脑子一热,买了张明信片寄给他的助理,那时她随乔治小组
的人员一起到意大利,协助过他的工作,让邦德终生难忘。他写道:
"威尼斯很美妙。刚视察过这里的火车站和证券交易所,令人大饱
眼福。下午要到市镇自来水公司游览,接着要到电影院去看场碧

姬·芭铎①主演的电影。你听过《我的太阳》那曼妙的曲目吗？与这儿的浪漫风情有的一拼,让人意乱情迷。詹姆斯·邦德。"

邦德对自己涌泉般的文字相当满意,早早享用了午餐便回酒店去。回到酒店,他一锁上房门,脱下大衣,便匆匆地查看自己的瓦尔特刑警手枪。他推开保险,练习了一两次快速拔枪动作后,把手枪套回皮套上。是时候出发了。他抵达浮动码头,登上了12点40分前往阿尔贝罗尼的水上巴士。船开动了,平镜般明亮的威尼斯泻湖渐渐被它抛在身后。而邦德正坐在船头,心里在嘀咕着接下来又会发生什么事呢。

阿尔贝罗尼的码头设在利多岛南部面向威尼斯那边,阿尔贝罗尼海滨浴场则在另一边面对着亚得里亚海。从码头到阿尔贝罗尼海滨浴场横跨利多岛,期间需要穿过一条半英里长的泥路,路面尘土飞扬。这个岛屿相当著名,而它的最南端则像个遗世独立的荒芜世界。沿着这个狭长岛屿的南部走上1英里,便看到一些豪华别墅建筑。渐渐地,豪华建筑越来越少,出现在邦德眼前的便是一堆残旧的刷着灰且还没竣工的别墅和一堆烂尾楼,凌乱地分布在这个区域。四处一片荒芜,只剩下阿尔贝罗尼的一些小渔村、孩子的疗养院、意大利军队部署的实验火车站、先前战争留下的长满野草的炮台。这个细长条带状岛屿的中心是个荒无人烟的高尔夫球场,褐色球道曲曲折折地蔓延在旧时防御工事的废墟中。并没有很多人来威尼斯打高尔夫球,这个地方之所以仍旧奄奄一息地存在着,也只

---

① 碧姬·芭铎:法国著名性感女星,出生于1934年。

是因为这个岛上的一些大酒店讲究派头,以此来吸引高端客户。整个高尔夫球场四周被高高的钢丝网围住与外世隔绝,里面仿佛在保护着一些珍宝或在死守着什么秘密,警告着旁人"禁止入内""高度危险"。铁丝网外围处,矮树和沙丘间的地雷甚至还没有清除干净,周边生锈的金属丝上都挂着指示牌,上面写着"有地雷!危险!",下方则印着一个骷髅和两根交叉的骨头。整个区域都让人窘促不安,给人苍凉的感觉,与一个小时前刚刚离开的威尼斯那儿的欢愉盛世有着巨大反差。

邦德穿过岛屿走了半英里路,来到海滨时,身上稍稍出了点汗,他在这段泥路的最后一棵合欢树下站了会儿,透透凉,也正好可以休息下。在他面前是一扇看着并不牢固的木制拱门,拱门中间最高处用蓝色油漆写着"阿尔贝罗尼海滨"几个字,字都已经有点褪色了。远处是一排排同等大小被废弃了的木屋,随后就是 100 码宽的沙滩,还有一片宁静的大海,厚厚的像一块蓝色大玻璃。海滨一个人也没有,整个地方仿佛已经封闭了,但当他走过拱门,他听到无线电广播播放着那不勒斯①特有的音乐。那轻声悦耳的音乐声从破旧的小屋传出,小屋外墙上贴满了可口可乐以及多款意大利软饮的广告。墙边堆放着几张折叠式躺椅,两个脚踏船,还有一个泄了一半气的儿童海马气垫。这里看起来完全一副被遗弃的模样,邦德难以想象这竟是个营业场所,更别说在夏日旅游高峰期的时候。他走下铺在地上狭窄的木板道,踏入了柔软的、被太阳晒得滚烫的沙地,

①　那不勒斯:意大利港市。

绕过排排木屋,走向了海滩。他走到了海边,把脚泡到海水里感受水的凉意。左边,广阔空旷的沙滩起起伏伏地向利多岛市中心蔓延,最终消失在秋日的热霾里;而右边,则是半英里的海滩,在岛屿尽头与防波堤交际,戛然而止。防波堤如同一根手指伸进了镜子般的大海,岛屿最边上的防波堤上不时有渔民伸出的一根根柔软的吊杆,在垂钓章鱼。海滩后面则是沙丘,与铁丝网围着的高尔夫球场连成一片。沙丘边缘,离邦德大概 500 码处的地方,他看到了一个淡淡的小黄点。

邦德朝黄点走了过去。

"呃哼。"邦德清了清嗓子。

邦德直接走到她身旁,俯视着她。只见她躺在一条黑白相间的浴巾上,大阳伞透亮的影子挡住了她的脸,而她的身子则沐浴在阳光下,黑色比基尼下的皮肤抹了乳液,在太阳照射下油亮亮的。

女人伸手把身上的比基尼往上拉了拉,眯着眼睛看着他,埋怨道:"你早了五分钟,我跟你说过要先敲伞的。"

邦德紧挨着她坐在了太阳伞的影子下,掏出一张手帕擦了擦脸,说道:"整个沙漠里,只有你这儿刚好有棵大树好乘凉。外头太热了,没办法我只能赶紧进来。在这鬼地方碰面,亏你想得出。"

她笑了起来,说道:"我像葛丽泰·嘉宝①一样,喜欢一个人待着。"

---

① 葛丽泰·嘉宝:美国电影明星,主演过《茶花女》《安娜·卡列宁娜》《双面女人》等影片。

"这里就只有我们?"邦德问道。

她瞪大了眼睛,问道:"什么意思? 难不成我还带个保姆?"

"因为你说过天下乌鸦一般黑的话……"

"哈,但你是一只有绅士风度的乌鸦啊。"她咯咯地笑着说,"乌鸦殿下。不过,这里确实太热了,而且沙子也太多了。怎么说我们也是在谈桩买卖,对吧? 我给你讲关于毒品的故事,而你给我钻石夹,梵克雅宝的钻石夹。还是你改变主意了?"

"没有。你说得没错。那我们从哪里开始呢?"

"你提问,你想知道些什么呢?"她坐了起来,双手抱着膝盖,眼里已经没了挑逗的眼神,变得有点专注,或者说是一点警惕。

邦德意识到她的变化,看着她轻松地说道:"他们说你的朋友科伦坡在这一行是个大人物,给我讲讲他的事吧,在我的书里他会占上很大篇幅。当然,我不会用真名。但我需要细节,他究竟是怎么干的。等等这些。这些可不是一个作家单凭想象就能创作出来的。"

她垂下了眼睛,说道:"恩里科会大发雷霆的,如果他知道我把他的秘密说了出来。我不知道他会对我做出些什么事来。"

"他不会知道的。"

她很认真地看着他,说道:"尊敬的邦德先生,他没有什么是不知道的。他向来料事如神,他也多疑多虑。"邦德留意到她快速地瞥了一下他手上的表 ,"没准他已经神经兮兮地派人跟着我来到了这儿。真是这样,我也不会感到意外。"她突然伸手扯住了他的袖子,神情变得慌张,急切地说,"你最好马上离开,你不该来这儿的。"

邦德大大方方地低头看下表，正好 3 点 30 分。他转了一下头，观察了一下太阳伞后面海滩的状况。只见不远处澡堂小屋附近，热霾之中三个穿着深色衣服的男人不动声色地悄悄移动着。他们向着海滩这边而来，三人步调一致，仿佛在列队操练。

邦德站了起来，看着身下那个低着头的人儿，冷冷地说："我懂你的意思。告诉科伦坡，从此刻起，由我来书写他的人生故事了。而且我是个锲而不舍的作家。再见！"说罢，邦德向着岛屿尽头那一端跑去，这样他就能顺着海岸进入村庄，安全地混在人群中，往回逃跑。

脚一下海滩，那三个男人便同时加快移动的步伐，他们的胳膊和腿都有规律地使劲摆动着，仿佛刚刚进行完自旋训练的长跑运动员。当他们小跑经过女人身边时，其中一个男人抬起了一只手跟她打了个招呼。她也挥手回应，随后躺下，脸部朝下地翻了身，或许她想要烤一下自己的后背，也或许她不想看到这场追捕。

天实在太热了，邦德跑出了一身汗，边跑边把领带扯下塞进了口袋。然而那三个男人也面临如此状况。这是一场事关体能的比拼，就看平日谁训练得更好了。到达了岛屿尽头，邦德一下爬上了防波堤，回头看了一眼。其中一个男人还远着，不过另外两个人成扇形分开穿过高尔夫球场封闭区域的边缘地带正快速向自己冲来，似乎没有留意到那些骷髅的危险提示。邦德一边沿着宽阔的防波堤飞奔，一边估量对方与自己的角度跟距离，另外两个男人已经径直穿过铁丝网形成的三角阵底边了，形势迫在眉睫。

邦德的衬衫已经湿透了，他的双腿也开始酸痛。他估计已经跑了有 1 英里了吧,还要跑多远才安全呢？防波堤上嵌着一些古老的炮台,隔一段距离就有一个,渔船在前往亚得里亚海前可以把锚抛上去,在泻湖稍作休息。邦德根据自己的脚步估算了一下炮台间的距离,大概 50 码。而这里到墙的尽头,也就是到小村庄的第一排房子处,一路上又有多少个这样的炮台呢？邦德数到第三十个,道路就消失在热霾中。或许还要再跑 1 英里。他能跑到那里,并且以足够快的速度摆脱那两个男人吗？邦德如鲠在喉,现在他不仅仅是西装湿透了,他的裤子也蹭着他的腿。现在他身后 300 码处,有一个追捕者。而他的右手边,沙丘堆中,另外两个追捕者也若隐若现地向他这边赶来,且越来越近了。左手边,则是一个 20 英尺的斜坡石筑墙,下方的绿潮正涌向广阔的亚得里亚海。

邦德正打算放慢速度,保存好体力,然后与那三个男人开枪决斗,可霎时接连碰到的两个景象让他改变了主意。他发现前方热霾处,有一群用长矛捕鱼的渔民。其中五六个在水里头,也有几个在防波堤上晒着太阳。而另一边,沙丘堆那边,响起一阵轰鸣的爆炸声。泥土、矮树还有看着像是人身上的什么东西,都如涌泉般喷向空中,一小阵冲击波也向邦德袭来。邦德停下了脚步想看看发生了什么状况。只见沙丘堆后的另一个男人也停了下来,他站在那里目瞪口呆,嘴里慌慌张张、含含糊糊地说着话,突然他瘫坐在地上,双手抱着头。邦德明白发生什么事了,也知道那个男人不会起来继续追赶了,除非有人过来扶着他离开。邦德心里一震,现在他只需再走 200 码就能抵达渔民那儿了。他们已经聚集在一起,看着他这边了。邦德努力拼凑了几句意大利语,向渔民喊道:"我英国。请,警察在哪里?"说罢,邦德回头看了一眼,奇怪,这么多渔民看着呢,那个男人还继续朝自己追来。现在他已经赶上来了,就在邦德身后不到 100 码处,手上还拿着一把枪。而前方的渔民也成扇形分开堵住了他的路,他们手持捕鲸炮,已经准备就绪。中间的是个大个子的男人,他赤身裸体,只在腹部下围着一块小小的红色布条,一副绿色面罩推到了头顶,蓝色的脚蹼向外成"八"字,两手交叉站立着,像极了卡通片里面那只自以为是、愚蠢的癞蛤蟆①。但很快邦德便打消了那有趣的想法,中间的那个男人正是恩科里·科伦坡。邦德喘着气,慢慢地向前走着,下意识地把手伸到外套下把枪拔了出来。

科伦坡看着邦德逐渐靠近,在双方距离 20 码时,他轻轻地说道:"拿开手上那玩意儿,秘密情报局的邦德先生。我们手上可是二氧化碳捕鲸炮,你最好停在那儿不要动,除非你想成为另一副曼特尼亚②笔下的圣塞巴斯提安③》。"他转过头用英语向右边的男人问道,"上周那个阿尔巴尼亚人站在多远的地方来着?"

"20 码,主人。鱼叉完全穿过身体。那人很胖,比这个家伙大概胖一倍。"右手边的男人回答道。

邦德停下了脚步,身旁恰好有条铁制的系船柱,他便坐了下来,

① 癞蛤蟆:《柳林风声》第七章"蟾蜍先生"的一只小蛤蟆。
② 曼特尼亚:1431—1506,意大利画家。
③ 圣塞巴斯提安:天主教圣徒,在三世纪基督教迫害时期,被罗马戴克里先皇帝下令乱箭射死。在文艺作品上,他被描绘成捆住后用乱箭射穿的形象。

手持着枪搭在膝盖上,瞄准科伦坡的大肚子,说:"就算我身中五根鱼叉,我仍旧可以一枪让你毙命,科伦坡。"

科伦坡微笑着点了点头,与此同时,邦德身后的男人已经蹑手蹑脚地赶了上来,用鲁格尔手枪枪托朝着他的后颈椎狠狠一击。

当人的脑袋被击后,醒来的第一反应定会是一阵反胃。尽管身体还是很难受,邦德还是恍惚感觉到自己在船上,有人,而且是一个男人正用湿毛巾擦着他的前额,凉飕飕的,对方嘴里还用很糟糕的英语,喃喃低声安慰道:"没事的,朋友。会没有事的。会没有事的。"

邦德无力地躺在一张床上。这是一个小巧舒适的房间,有着一股女性的香水味,精致的窗帘,色彩斑斓。一个水手穿着褴褛的汗衫和短裤正俯身看着他,对方估计把邦德当作其中一个渔民了。见邦德睁开眼睛,他笑了,关切地问道:"好点了,是吧?很快就会没有事的。"他摸了摸自己后颈椎,安慰道:"有点伤,很快会结痂。在头发下面,姑娘们不会注意到。"

邦德虚弱地点了点头,霎时袭来的疼痛使他闭紧了眼睛。再次睁开眼睛,只见水手摇了摇头劝告他不要乱动,接着对方把自己手上的表挪到邦德眼前,上面显示着 7 点整,又用小指指着数字 9,方用意大利语说:"和主人吃饭,明白?"

邦德用意大利语应了声:"明白。"

对方把双手放到脸颊旁,头歪在一边,做出睡觉的姿势,说道:"睡觉。"

邦德再次回应明白后,水手便走出船舱,头也不回地把门关上了。

邦德小心翼翼地下了床,走到了洗手盆边想要清洁一下自己。旁边的五斗柜上面,他的物品整齐地摆放着,除了他的枪,其他的一件也不少。邦德把东西——塞进口袋,再次坐回床上,抽了根烟,想着当前的形势,然而他毫无头绪。只知道有人挟持他上路,更确切地说是出海。然而从水手的态度来看,对方似乎没有把他视作敌人。他惹的一大堆麻烦使自己成了阶下囚,科伦坡的一个手下甚至为此而丧了命,尽管是意外。这似乎不是简单地把他杀掉就可以解决的事情了。对方的柔和相待,或许只是交易的前奏。会是什么样的交易,他又有怎样的选择呢?

9点的时候,还是先前的那个水手,他进来领着邦德往下走了一小段路,把邦德独自留在了一个脏兮兮的小餐吧。里面摆着一张桌子和两张椅子,桌子旁,一辆镀镍的手推车上载着食物跟饮料。邦德拉了拉餐厅尾部的舱口,发现被栓住了。随后他打开舷窗,向外探了探。外面光线幽暗,仅仅可以勉强看出这是条两百吨级别的船,过去大概是艘渔船。船上有帆,听引擎声这艘船像是由单缸柴油机驱动的。邦德估计航速①为6至7节。远处漆黑的海面上有一簇簇微弱的黄光,船似乎正沿着亚德里亚海岸行驶。

舷口外传来栓被取下的咯咯响的声音。邦德立马关上舷窗,把头缩了回来。只见科伦坡从舱口走了下来,他穿着运动衫和粗布牛

---

① 航速:以海里/小时计算,简称节。航速1节=1.852km/h。

仔裤,脚踏一双凉鞋走了过来,一副狡诈和嘚瑟的神情。他在其中一张椅子上坐了下来,手对着另一张挥了挥,对邦德说:"过来吧,我的朋友,这里有吃有喝,还有很多话要跟你说。不要像个小孩一样幼稚,都是成年人了,对吧? 你想喝些什么,杜松子酒、威士忌还是香槟? 对了,我来介绍一下,这些香肠是整个博洛尼亚顶级的,这些橄榄是我家庄园产的。还有面包、黄油,菠萝伏洛干酪是烟熏过的,而这些是新鲜的无花果。虽说都是些乡下东西,但都是有益健康的。来,这些肯定能勾起你的食欲。"

随即他爽朗地笑了起来,笑声富有感染力。邦德给自己倒了杯烈性威士忌和苏打水,然后坐了下来,问道:"为什么非要弄出这么多麻烦? 我们可以好好见面的,是你非要弄那个戏剧化的插曲,让自己的人掉了命。在餐厅派个女孩这样勾搭我,幼稚得我都无话可说了。我只好顺水推舟跳到陷阱里看看你们在玩什么花样。这些我都已经跟我的上司汇报过了,如果明天中午我还没有回去,国际刑警跟意大利的警察会来势凶猛地紧追着你不放。"

科伦坡忖量着邦德的话,说道:"倘若你准备自投罗网,下午又怎么会想要逃跑呢? 我派人去接你,把你带到船上,本该可以和和气气的。现在我好端端没了一个得力助手,而你险些脑袋开花。我真的是搞不懂你怎么想的。"

"我瞧那三个男人不顺眼,一看就知道是杀手。我以为你想要做什么傻事。只要派个姑娘就好,那几个男人完全是多余的。"

科伦坡摇了摇头,解释道:"莉莎只是想要了解你更多,但一无所获。她现在只怕是跟你一样恼着我。人生真不容易啊,我想要跟所有人做朋友,现在只一个下午就多了两个敌人。太糟糕了。"科伦坡露出一副真心难过的表情。他用餐刀切了一块厚厚的香肠,不耐烦地用牙齿扯下肠衣嚼了起来。他又灌了一杯香槟,连带着满嘴的香肠一起咽了下去,随后他摇了摇头,向邦德责备道:"我一贯如此,一发愁就想要吃东西,而且这个时候吃的东西又总消化不了。现在你让我愁得不得了。你刚刚说我们本可以好好见面,把事情讲清楚,我不需要弄出这么多麻烦。"他摊了摊手表示无助,继续道,"我怎么知道事情会这样?顺便插句,你让我手上染了马里奥的鲜血,我可没让他走捷径跑到险区里头啊。"科伦坡愤怒地敲了敲桌子,现在他朝邦德叫嚷道,"你说全是我的错,那就不对了。是你的错,全是你的错。你答应了克里斯塔多要来杀我。我又怎么能安排跟一个要杀我的人坐下来好好谈话呢?嗯?你告诉我。"科伦坡抓起一条长面包卷塞进嘴里,眼里烧着熊熊烈火。

"你他妈的究竟在说些什么?"邦德问道。

科伦坡把剩余的面包卷扔到桌上,站了起来,目光死死地锁住邦德,走到一旁的五斗柜,拉开最上层抽屉,从里面翻出一个邦德看着像是录音机的放音机器。责备的目光仍旧盯着邦德,他回到位子旁,把机器放在桌上,坐下以后,按了一下开关。

邦德拿起一杯威士忌,眼睛凝视着手上的杯子,侧耳倾听。录音机传来微弱的声音:"很好。现在,在我提供信息给你前,做个实诚商人,先把条件谈好,好吧?"声音继续播放着,"我要1万美元……你不能透露信息的来源,哪怕严刑逼供……这个组织的老大是个十恶不赦的人。我要他完蛋,去死。"录音机里头传出餐厅嘈杂的声音,里面的对话沉默了片刻,邦德在等待着自己的声音,与此同时,不禁想着第三个条件是什么来着,自己当时说了些什么呢?这时录音机里传来的声音为他解了惑,"你要知道我保证不了这个。我只能说,如果对方想要杀我,那么我必定会解决他"。

科伦坡关掉了录音机,邦德把手上的威士忌一咽而下,才敢把头抬起,看着面前的人,为自己辩护道:"那也不能说明我要杀你。"

科伦坡忧伤地看着邦德:"对于我来说它能。这些话可是出自一个英国人嘴里,言出必行的。战争时期,我为英国效力过,抵抗运动中,我还获取了国王奖章。"说罢,他把手伸进口袋,从里面掏出一个系着红白蓝缎带的银质自由勋章,"看!"

邦德仍旧盯着对方的眼睛,说道:"然后净做些磁带里头说的那些事?你早就不为英国效力了。现在你居然为了钱,与它为敌。"

科伦坡不以为然地轻哼一声,他用食指轻敲着录音机,冷冰冰地说道:"我全都听到了。简直一派胡言。"他一个拳头重重敲到桌面上,震得上面的玻璃晃动着,他狂躁地怒吼道,"胡说,胡说八道!没有一个字是真的。"他气急败坏地跳了起来,身后的椅子霎时倒地。他又慢慢弯腰扶起了椅子,拿起了一瓶威士忌,走到邦德身旁,给他倒了大半杯酒。他又回自己位置坐下,把香槟放到自己桌前。现在他平静下来,表情镇定严肃,心平气和地对邦德说:"也不完全是胡说的。那王八告诉你的也有一丁点儿是真的。所以我也不打算跟你争辩些什么。你或许不信任我,你或许已经把警察牵扯进来了。那会给我跟我的伙伴带来好多麻烦的。即使最终你或其他人找不到理由杀我,这些也会给我带来丑闻,会把我毁掉。与其这样,我倒不如告诉你真相,你到意大利一直在找的真相。用不了几个小时,天就要亮了,到时你的任务就可以完成了。"科伦坡响了下手指,"转眼间,像这个一样。"

邦德问道:"克里斯塔多说的哪些不对?"

科伦坡看着邦德,忖量着,最后他开口说:"我的朋友,我做的是走私的行当。这个没错。我或许还是整个地中海一带干得最成功的。在意大利一半的美国烟草都是我从丹吉尔带过来的。黄金?整个黑市的黄金都是我提供的。钻石? 我在贝鲁特①有自己的供应商,直接把钻石运到塞拉利昂②和南美。旧日里,药物匮乏那一阵,我还能贿赂美国的一些基地医院,搞到金霉素、青霉素之类的药品挣钱。还有很多其他的,我甚至为那不勒斯的富豪们弄到过叙利亚跟伊朗的漂亮姑娘。偷渡犯人出境的事我也干过。不过,"科伦坡把拳头打到桌上,愤怒地补充道,"毒品,海洛因、鸦片、大麻这些,没有! 从来没干过! 现在没有,以后也不会干这些。这些都是魔鬼,相比之下其他那些根本算不得什么。"科伦坡抬起了他的右手,"我的朋友,我以我母亲的名义发誓,我说的都是真的。"

邦德感觉看到了些眉目,他打算相信对方。他甚至莫名地觉得自己有点喜欢这个贪婪、暴躁的海盗,这个差点被克里斯塔多陷害的男人。邦德问道:"不过,为什么克里斯塔多要针对你? 他又能得到些什么?"

---

① 贝鲁特:黎巴嫩港口。
② 塞拉利昂:非洲西部共和国,英联邦成员,首都弗里敦。

　　科伦坡伸一根手指在他面前慢慢地来回晃了晃,说道:"我的朋友,克里斯塔多是什么人? 他是个最大的两面派,两边都瞒着。为了争得美国情报中心和毒品调查科的保护,他必须时不时地抛出一些无辜的人,一些在这个大游戏边缘的小人物作为牺牲品。但这回英国的情况有点不一样,这里头涉及的运输网络太庞大了。为了保护这些,他必须扔出一个大点儿的人物来背这个大锅。然后他们选中了我。当然,如果你有精力去调查,花足够多的钱去买情报,你就会弄清楚我究竟做的是什么买卖。但现在每一条指向我的线索,都只会使你离真相越来越远。我知道你们秘密情报局的做事风格,如果我猜得没错的话,最后你们会把我送进监狱。但你一直在追捕的那只大狐狸恐怕只会在偷笑,真正的猎物逃之夭夭。"

　　"克里斯塔多为什么想要你死?"邦德问道。

　　科伦坡看似狡猾地说道:"我的朋友,我知道得太多了。在一些走私船的兄弟会中,我们常常会有意无意地发现其他人的隐私。就在不久前,就是这艘船,我们跟来自阿尔巴尼亚①的一艘小炮艇发生了走火事件。我们很幸运地射中了他们的燃料箱,他们的炮艇着火了,最后只剩下一个人活着。我们套了他一些话,为此我知道了很多,包括一些机密信息。但那时我像个傻子一样,居然在地拉那北部的海岸把他放了,后来就是这些使我惹上了麻烦,我不该放了他的。打那以后,克里斯塔多就盯上我了。幸运的是,"科伦坡咧着嘴贪婪地笑了,继续说道,"我得到了一个情报,他还蒙在鼓里。我

---

　　①　阿尔巴尼亚:欧洲巴尔干半岛国家,首都地拉那。

们明天一大早就赶过去碰个面,就在圣玛丽亚,安科纳北部的一个小渔港。到了那儿,我们就知道有什么惊喜了。"说罢,科伦坡发出一阵刺耳、残暴的笑声。

邦德冷静地问道:"你要价多少?你说明早我的任务就能完成,你要多少钱?"

科伦坡摇了摇头,不以为然地说道:"不要,一个子都不要。我们恰好只是目标一致而已。不过我要你的承诺,今晚告诉你的这些只有你我二人知道,必要时,再加上你的伦敦上司。所有这些都不能传到意大利,让他们知道半点风声。你能答应吗?"

"当然,我同意。"

科伦坡站了起来。他走到五斗柜前,从里面拿出了邦德的枪,递给邦德,说道:"我的朋友,那种场合你最好带上这个,肯定会用到的。还有你最好睡会儿,休息一下。早上5点我给所有人都备好了朗姆酒和咖啡。"他伸出了手,邦德也伸手与其握了握,瞬间,这两个男人冰释前嫌,成为朋友了。邦德意识到这个情况,不太自然地说道:"好的,科伦坡。"然后走出餐吧,回到他的客舱。

这艘哥伦比纳号船有十二个船员。都是年轻、强壮结实的小伙子。早上5点,餐吧里,大伙儿都坐在一块,也喝着科伦坡给他们准备的热咖啡和朗姆酒,一边轻声地说着笑。船里四周黑暗,一盏防风灯带来了唯一的光,邦德感受着从前去"金银岛"时的刺激感与秘密共谋的氛围,不禁暗笑。科伦坡一个个地检查着他们的武器装备,确保每人在运动衫下配有鲁格尔手枪,藏在运动衫下别在裤腰带上,还有口袋里头装着弹簧刀。科伦坡不时对他们的装配进行指导,表示赞扬或批评。邦德突然想到,科伦坡非常享受当前的生活,一种充满着冒险、刺激和危机的生活。那是一种犯罪性的生活,挑战着当前法律、国家烟草垄断、海关以及警察,但是这里头充斥着一股青春期的流氓气息,似乎改变着他的犯罪色彩,使其从黑变成白,或至少变成灰。

科伦坡看了看他手上的表,让手下都解散回到自己岗位上。他熄灭了防风灯,在黎明淡白的曙光中,领着邦德走上了驾驶台甲板。科伦坡发现船正沿着一条黑色的、布满岩石的海岸减速行驶,他指着前方说道:"绕过那个岬就到海港了。那里没人会察觉到我们的船。海港那边,预料不错的话,会有艘像我们船只大小的船正停靠在码头,顺着斜坡把货物卸到仓库。船上装的不是黑市货物,只是一卷卷新闻纸。绕过山岬,我们就会全力加速,靠近那艘船,我们会立马登上去占领它。对方肯定会反抗,没准双方会打得头破血流,我倒希望不用开枪。我们是肯定不会开枪的,除非他们开了。那是艘阿尔巴尼亚人的船,里面都是强悍的阿尔巴尼亚船员,枪战估计在所难免。这些敌人可都是你我共同的敌人,你到时可要好好地跟我们一起作战。但如果你被击中,那你就只能命丧黄泉了。明白?"

"知道了。"

邦德话一出口,轮机舱的传令钟发出一阵铃声,脚下的甲板也开始震动。小船全力加速达10节,绕过山岬,驶入了海港。

一切正如科伦坡所说,石砌码头旁停靠着一艘船,无所事事地在水面晃荡着。船尾处,一块厚木板从船上斜斜地伸出,搭在一间钢制仓库的入口。仓库看起来破败不堪，那个入口里面黑乎乎的，只看见电灯在里头微弱地冒着光。船的甲板上堆放着一卷卷看似新闻纸的物品，它们一卷一卷地被拿起放到斜板上，然后一个接着一个滚到仓库入口。视野范围内可看到对方大概有二十人，只有出其不意方可制胜。现在科伦坡的小船距离对方船只大概只有 50 码，对方有一两个男人已经停下了手头的活儿，朝这边望过来。其中一个男人见状还溜进了仓库。同时，科伦坡一声令下，发动机即刻停止，反推全开。船往那艘阿尔巴尼亚拖网渔船靠了过去，甲板上的一盏大照明灯也猛地一下开了，把周围照得一片雪亮。第一次强硬接触后，船上的铁锚已经抛到对方的铁栏杆上，船身也与对方的平行，科伦坡领着手下的人哗啦啦地拥上对方的船。

邦德已经想好他的作战计划了。他一踏上敌方的甲板，便迅速地穿过船身，翻过另一边的铁栏杆，跳到码头上。栏杆到码头足有 12 英尺高，而他落地却如同一只猫那般轻巧，手指跟脚尖轻轻着地，随后他伏着身子等候了一会儿，盘算着下一步的行动。甲板上已经传来枪声，探照灯很快被打灭，现在只剩下灰蒙蒙的曙光。突然，敌人的一具尸体从船上摔了下来，摔到了他面前的石头上，四肢摊开，一动也不动。与此同时，仓库入口里头，一支轻机枪发起了攻击，枪口火光四射，一颗颗子弹快狠准，枪手相当专业。邦德借着船身的阴影朝仓库跑去，轻机枪手发现了他，并朝着他连发一阵子弹。子弹一颗颗从邦德身边飞过，打到船身的铁壳上，在黑暗中发出哀鸣的声音。邦德躲到了从船上伸出来的斜坡木板下，伏在地上向前爬。子弹不时地打到他头上的木板。邦德继续匍匐前进，斜坡下的空间越来越小,直到再不能前进,他正考虑着从左边或右边逃出去。这时头上传来一阵砰砰的重击和快速滚动的声音,想必一定是科伦坡的手下砍断了绳索,那堆新闻纸一卷卷地滚下斜坡。现在,机会来了。倘若轻机枪手正候着邦德,他定以为邦德会从右边跃出,而朝着右边开火。于是邦德从木板下方朝左边一跃而出。果然,只见轻机枪手正蜷伏在仓库的墙边,瞄着木板右方。在敌人枪口的小圆弧喷出火花前,邦德连发两枚子弹,把对方击中。对方顷刻倒下,手指仍旧紧紧地按住扳机,枪口还吐出阵阵火花,手上的枪震动着很快挣脱了主人,哗啦一声甩到了地上。

邦德朝着仓库门口跑去,却脚下一滑,头朝前栽了下去。他趴在那儿,过了一阵子才缓过神来,脸上沾了一摊黑乎乎、稠稠的糖浆。他低声骂了几句,手脚并用地爬了起来,冲到仓库墙角那一卷卷从船上滚落下来的新闻纸后掩护着自己。其中一卷,先前被轻机枪手击中破了一个洞,里面流出黑乎乎的糖浆。邦德拼命地抹掉手上跟脸上的东西,黏液散发着一股带着霉味的芳香,邦德感觉像是先前在墨西哥闻到过的一种气味,未经过加工的鸦片的味道。

这时一颗子弹狠狠地打在仓库的墙上,就在他的头部不远处。邦德把握枪的手在裤子后面擦了擦,身子一闪,跃到仓库门处。当他背靠着仓库入口处站着时,出乎意料的是,里面没有人朝他开枪。仓库里面异常安静而且阴凉。里面的灯已经关掉了,但外头天倒渐渐亮了起来。隐约中可看到一卷卷的新闻纸整齐有序地被堆放在一边,中央处留出了一条通道,而通道的另一头则是一扇门。这样的架势,挑逗着他,也挑战着他,想要他过去一探究竟,然而邦德嗅到了死亡的气息。他退回到入口另一边，离开了仓库。这时船上的枪声变得断断续续，不像先前那般稠密。科伦坡快速地朝邦德跑来，如同其他胖子跑步一般，他的脚几乎没有离地。邦德厉声命令道："守着这扇门，不要进去，也不要让任何人进去。我要绕到它后面瞧瞧。"不等对方回应，邦德快速闪到仓库的拐角处，沿着仓库的侧面一直向前。

仓库约 50 英尺长。邦德放慢脚步，轻轻地走向前面的拐角处，他贴墙而立，快速往另一端扫了一眼，又立马缩了回来。拐角另一端有一个男人倚着仓库后部的入口站着，他的眼睛正朝着窥视孔往仓库里头窥探着。他手里拿着一个活塞，里面的导线一直延伸到门的底部。一辆蓝旗亚高级跑车停在他的身后，车子敞着顶篷，发动机没有熄火，在那里空转着，车头正对着一条尘土飞扬的公路，沿着路面可以看到一条深深的车辙。

那个男人正是克里斯塔多。

邦德单膝跪地，双手稳稳地举着枪，迅速往拐角挪了一小步，朝克里斯塔多脚部开了一枪，但没击中，子弹在目标不远处溅起一片灰尘。也就是这个时候，轰隆的爆破声炸响，铁墙爆破，墙上的锡片弹到了邦德，强烈的冲击力更是把他甩了出去。

邦德连忙爬了起来。这时仓库已经扭曲得不像样了，嘈杂声中仓库开始倒塌，如同一盒盒锡卡在相互撞击。而克里斯塔多早已钻进了车里，尾部腾起阵阵灰尘，开出了 20 来码。邦德做好射击姿势，仔细瞄准目标。瓦尔特手枪咆哮着连发三枪。最后一声枪声响起时，在 50 码开外，车子里伏在方向盘上的人儿猛地往后一仰，双手松开方向盘甩向了一边，头部往前一晃垂了下来。死者的右手伸出了窗外，如同在打着车子要向右转的手势。邦德猜想车子会停下，便向前追了过去，没想到死者右脚仍旧沉沉地踩着油门，而车子则保持惯性向前。邦德停下来看着它，只见它沿着平坦的大路穿过一片已经被烧焦的平原扬长而去，只剩下荡起的白色尘埃兴高采烈地一路相随。邦德感觉它随时都会突然转向路边，但是显然它没有，邦德只能站着看车子消失在初晨那片给人带来美好、希望的薄雾之中。

邦德拉上枪的保险，插回皮带上。他转身发现那个胖男人科伦坡正咧着嘴高兴地向他走来。他来到了邦德跟前，使邦德恐惧的事情发生了，他张开双臂，紧紧把邦德双臂抓牢，兴奋地用脸颊往邦德脸上蹭。

邦德吓坏了，连忙喊道："天啊，科伦坡！"

科伦坡放声大笑起来："哈，害羞的英国人！什么都不怕，就羞于表露情感。但我，"他拍了拍自己的胸膛，"我，恩里科·科伦坡可不一样，向来喜欢谁就大声说出来。如果不是你拿下了轻机枪手，我们早就完蛋了。实际上，我还是丢了两个人，其他很多人也受了伤。但对方只有六个还能站起来逃到村子里头，其他都完蛋了。不过没关系，警察肯定会把他们包围的。现在你还把那个王八克里斯塔多连人带车送去见阎王了。干得漂亮！不知道那辆小棺材车开到大路上会怎样？他已经伸手示意要右转进入高速路，我倒希望到时他记得拐进去。"科伦坡情绪高涨地拍打着邦德肩膀，继续说道，"不过，我的朋友，快，是时候离开这了。那阿尔巴尼亚船的通海阀都破开了,船很快就会沉下去。这个小地方没电话的,我们在警方面前先人一步了,他们没那么快赶上我们,得花些时间从渔民身上弄清状况。我已经向渔民中的头儿问过了,没人对那些阿尔巴尼亚人有什么好感。言虽如此,我们是没工夫留下处理这些的,得赶路了。回程是逆风,不好走,兄弟们受了伤需要包扎,威尼斯这边可没有信得过的医生。"

　　熊熊的火焰吞噬着支离破碎的仓库,滚滚浓烟里头有股蔬菜的芬芳冒出。邦德和科伦坡走到了上风口,看着眼前的一切。那艘阿尔巴尼亚船已经在下沉,甲板也浸在水中。他们涉水而过,登上了哥伦比纳号的甲板,邦德跟陆陆续续走过的人相互握握手,拍拍肩膀。其他人随即解开了两船相连的锚,向来时的山岬驶去。不远处的海滩边上有一堆小石屋密密麻麻地挤在一起,海滩边停靠着几只船,一群渔民正站在船边。他们一副阴沉的面孔,可当科伦波朝着他们挥手并喊了几句意大利语后,那些渔民都欢呼雀跃地挥着手跟他告别,其中一个还大声地回了话,逗得这边船上的船员都大笑起来。科伦坡对邦德解释道:"他们表示我们干得比在安科纳电影院里看到的表演还要精彩,让我们一定要早日再来。"

　　邦德突然感到那阵兴奋的劲儿耗尽了。他只觉得自己很脏,胡子没有刮,身上也有一股汗味。他走了下去,从船员那儿借来了一把剃刀跟一件衬衣,回到自己的房间脱下衣服,好好地把自己清理一番。当他抽出枪,把它扔到床上时,他闻到了枪管里头一阵微弱的火药味。灰暗晨曦时的一阵阵恐惧、暴力和死亡情景又浮上心头。他把舷窗打开,外头的大海在尽情奔腾着,先前变幻莫测,逐渐消失在漆黑夜色中的海岸,现在也清晰可见,郁郁葱葱,风光旖旎。这时厨房那边飘来了一股煎培根的诱人香味。邦德连忙拉上了舷窗,穿好衣服,朝餐吧走去。

餐桌上摆放着一大盘煎蛋和熏肉,科伦坡一边吃着,一边把掺着朗姆酒的咖啡大口咽下,一切井然有序。

现在他嘴里嚼着吐司面包,说道:"我的朋友,这回我们可把克里斯塔多整整一年的鸦片原料给捣毁了,那些原料都是要运到那不勒斯工厂加工的。我确实在米兰也有类似的制药厂,但也只是图个方便存一下我的货。我生产的最致命的也不过是药鼠李和阿司匹林。克里斯塔多讲的那些故事,完全把他自己做的事栽到我科伦坡头上了。是他用鸦片提炼海洛因,是他雇用了通讯员把货物运到伦敦。对克里斯塔多他们来说,那艘大船的货物值上 100 万英镑呢。但你知道吗,我亲爱的詹姆斯? 这些他可一个钢镚儿都没花。为什么? 因为那可是苏联人送过来的礼物,是用来投放在英国内部的大规模、极具杀伤力的毒药弹。苏联人可是能够源源不断地提供毒药弹。这些都是从高加索的罂粟地运过来的,而阿尔巴尼亚则是个便利的储存地。但他们没有足够的人力去组织运作以及保护这些毒品,他们最终选中了克里斯塔多。是克里斯塔多组织建立了整个体系,是他代表苏联主子点燃了这根导火线。今天,我们只用了半个小时就粉碎了他们整个阴谋。现在你大可回英国告诉你们的人,整个毒品输送体系瘫痪了,还要告诉他们这场秘密战争的发源地不在意大利,一切都是我们的老朋友苏联干的。无疑,这些毒药弹是他们苏联情报部门打的心理战。但我也说不清楚。我亲爱的詹姆斯,"科伦坡笑着鼓舞道,"没准儿他们会派你到莫斯科去弄个明白。如果是那样的话,希望你能有幸找到一个像你的朋友莉莎·鲍姆小姐那样迷人的姑娘引领你走向真理之路。"

"你什么意思呢,我的朋友?她是你的。"邦德迷惑地问道。

科伦坡摇了摇头,解释道:"我亲爱的詹姆斯,我有很多朋友。接下来几天你会留在意大利写你的报告吧,显然,"他轻声一笑,继续往下说,"你还要把我说的一些事情核实一遍。也许你还要花上半个小时愉快地跟你美国情报中心的朋友讲讲这次的事件。在此期间,你可能会需要一位同伴,一位可以向你展示这个我深沉爱着的国度有多么迷人的同伴。在一些原始部落,有一个文雅的习俗,就是当你碰到喜欢的人,你可以借用你众多太太中的一个给对方以示敬意。我就是个遵循原始习俗的人,我没有妻妾成群,但我有很多像莉莎·鲍姆这样的朋友。在这个问题上她也是完全出于自己的意愿。我相信她正期待着你今晚回去。"说罢,科伦坡从他的裤袋里抽出一个玩意儿,一抛,东西叮当落在了邦德面前的桌上。科伦坡把自己的手放在心脏位置,真诚地看着邦德的眼睛,说道:"这是我的心意,真心实意的。这也是她的心意。"

邦德把东西拾起,这是一把钥匙,上面有个金属牌,写道:贝尔戈·丹尼利酒店,608房。

游艇上的谋杀案

刺魟①两翼之间宽约 6 英尺，从钝鼻到那条致命的尾巴处长约 10 英尺。这种深灰微染淡紫色的生物通常是海底世界的一个危险信号。它时常伏在浅黄的沙子里，当它拂开沙子缓缓游动时，看起来就像是一条黑色的毛巾在水里漂浮着。

詹姆斯·邦德，他的双手放在身体两侧，穿着脚蹼，在水里只能轻轻摆动着，他穿棕绿色镶边的潜水服跟踪着那团黑色影子，等待时机将其击毙。他很少杀鱼，除非是吃鱼，不过也会有些例外，如肥大的海鳗，还有整个蝎子鱼家族。而现在他打算杀掉这条刺魟，只因为它看起来异常邪恶。

---

① 刺魟:俗称黄貂鱼，又名赤魟，魔鬼鱼等，是一种与鲨鱼有很近亲缘关系的鳐鱼。

　　这是 4 月的一个早晨,10 点钟。马埃岛是非洲塞舌尔群岛里头最大的岛屿,位处它最南端的是贝尔·昂斯泻湖。现在贝尔·昂斯泻湖上风平浪静。西北季风数月前已经停了下来,要到 5 月时分,东南季风才会给这里带来清凉。阴影处的温度约 27 摄氏度,湿度为 90%,泻湖中一些封闭水域里的温度则接近人体的正常血温。这样的水温下,即使鱼儿也会变得行动缓慢。10 磅的绿鹦哥鱼,一口一口地啃着珊瑚丛中漂出的海藻,邦德从它上方经过时,它停了下来,转动着眼睛探了探,然后又继续开餐。一群肥大灰色的鲢鱼,匆忙地前进着,邦德的影子掠过时,它们的队伍会殷勤地分开两半让它通过,随后又聚集在一起继续反向航行。就连平常像鸟儿一样羞怯的六只小乌贼,它们组成一排在合唱,邦德经过时,它们甚至都没费心思去改变自己的保护色。

　　邦德懒洋洋地踩着水跟着,确保那条鳐鱼在视线范围内。很快它就会游累,或者意识到邦德这条水面上的"大鱼"并无恶意而消除疑虑,放松警惕地停在一小块沙坪上,把自己的保护色调到最浅,几乎透明的灰色,轻轻摆动着翼尖,慢慢地把自己埋在沙子里头。

　　离暗礁越来越近了,现在可以看到岩层上的珊瑚礁砾和片片海草。邦德感觉自己仿佛从异域来到一个城镇。这里的岩礁鱼类身上都像嵌着各种宝石在闪烁着,绚丽的身躯泛着光,印度洋的大海葵在阴暗处发着热,如同火焰般动人。群落里还有长刺海胆,它们附在暗礁上溅出乌贼色的色斑,仿佛有人往岩石上洒了黑墨水。龙虾在岩石裂隙间探出鲜蓝和黄色相交的须角,乍看之下还以为里头藏的是小飞蜥。不时,在绚丽多彩的海藻间,比高尔夫球还要大的长满斑点的宝螺在闪烁着,其中有豹纹宝螺,还有邦德曾碰到过的一种宝螺,它上面的斑点图案如同伸展开来的纤纤玉手在拨弄着维纳斯竖琴。但现在所有这些对于邦德来说,都是司空见惯的事了。他继续稳定地游着,只留意那些经过的暗礁,以此作为掩护。他顺着鳐鱼前进的方向划水,跟在它身后返回海岸。这时邦德的策略成功了,很快那团黑影穿过平静如镜的蓝色大海往回游动。在水下约12英尺的地方,鳐鱼再一次停了下来。邦德也随之停下,轻轻地踩着水。他小心地抬起了头,把护目镜里面的水倒了出来。当他再次看向水底,那条鳐鱼不见了。

邦德带着一支双层护套的至尊捕鲸炮。捕鲸炮上焊接在鱼叉头部的是针形齿尖三角戟,这是把短程突击武器,但用于暗礁捕获工作极妙。邦德推动了保险,慢慢向前移动,他的脚蹼在水下缓缓地摆动着,没有发出任何声音。他环顾了四周,想要看穿这个广阔泻湖上的氤氲雾气。他在探视周边,看看有没有大型生物潜伏藏匿。他可不想让鲨鱼或大型梭鱼看到自己在这里而发动攻击。通常鱼类受伤时会发出刺耳的声音,哪怕不发声,剧烈挣扎时带来的水波动荡或被伤而流出的血的腥味也会引来清道夫等食腐动物。然而到现在为止,邦德目之所及处还没有看见任何生物,沙地延伸至远处,烟雾弥漫得就像一个光秃秃的舞台。霎时邦德看到水底有一个模糊的轮廓。他直接游到了它的上方,伏在水面上一动也不动地往下看着。只见沙地里有东西轻轻地动了动。一会儿,像鼻孔的两个气孔上喷出了两股细沙,微微跳动着。气孔后边是那东西微微鼓起的身躯。气孔后1英尺的地方,那就是要射击的目标。邦德预

163

测着那条尾巴向上鞭打的距离，慢慢拿起捕鲸炮，朝下瞄准，扣动扳机。

下面的沙子砰地腾起一团沙雾，紧张时刻，邦德却什么也没有看到。这时他感觉到扯着鱼叉的绳子拉紧了，鳐鱼出现了，它的尾巴因受到攻击反射性地在甩动，一遍一遍地，想要挣脱开来。顺着绳子邦德可以看到它的尾巴下，锯齿状的毒刺从鱼的躯干上凸起。这些毒刺估计可以杀掉尤利西斯①，老普林尼②也说过这玩意儿可以毒毁整棵大树。在印度洋里这种海洋毒物是最致命的，只要被鳐鱼的刺刮伤那么一个小口就足以毙命。邦德小心翼翼地牵着那条紧绷的绳索，踩着水在那条不停剧烈挣扎的鱼儿后边跟着。他拉着绳索游到了一边，以免那条猛烈摇动的尾巴趁机把绳子割断。在印度洋区域，旧日奴隶主拿着的正是这样的尾巴来鞭打他的奴隶。而现在，在塞舌尔群岛上，持有这样的东西是违法的，但在家族内部通常会代代相传，专门用来惩罚那些不忠的妻子。倘若有话传出来说某个女人勾引过其他男人，那么她注定要被鞭子抽得至少一周不能出门。现在那条尾巴抽动得没那么厉害了，邦德绕过它游到它的前面，拉着绳索朝海滨游去。到达浅滩时，鳐鱼已经虚弱无力不再挣扎，邦德便把它拉出水面拖上岸。但期间他仍旧谨慎地跟它保持着

---

① 尤利西斯:希腊英雄,曾献木马计攻破特洛伊,归乡历程却充满艰险,整整十年,克服了众多困难也没有死去,最后回国赢得国王的宝座。

② 老普林尼:古代罗马的百科全书式的作家,以其所著《自然史》一书著称。

For Your Eyes Only

一定距离。幸亏他这么做了。突然,那东西猛地往上一跃,或许是想趁着前面走动的邦德不注意而发动袭击,然而邦德见状快速闪到了一边,鳐鱼最终背朝地掉了下来,发白的肚子暴露在阳光下,那张镰刀似的丑陋大嘴一啜一啜地在吸吮,喘着大气。

邦德站在那儿,看着那条刺魟,想着下一步的行动。

这时,棕榈树下出现了一个男人,他体型矮小,身形肥胖,穿着卡其色的衬衣和裤子,他走过那片不停被潮水冲刷、上面凌乱布满了晒干的漂流海藻还有马尾藻的浅滩朝着邦德走了过去,距离邦德不远处他就笑着大声说道:“老人与海!到底是谁逮住了谁?”

邦德转身,回应道:“你可算是这个岛上唯一没有手持大砍刀的人了。费德勒,帮帮忙,快叫你的人过来。我的矛已经扎到它身上了,可这东西就是死不了。”

费德勒·巴比,他是整个庞大的巴比家族中最年轻的一名成员,他们家族几乎拥有整个塞舌尔岛。现在他已经走近了,站在邦德旁,俯视着那条鳐鱼,说道:“这是条好东西。你运气倒好,击中了它的要害,否则它非得拖着你往暗礁上撞,到那时你被撞得没办法只能甩开手上的武器了。这东西命硬着呢,没那么容易死的。来,我要送你回维多利亚了,那儿有好事情等着你。我会找人把矛拔出来的,你要那条尾巴吗?”

邦德笑着答道:“我又没有太太,要尾巴做什么?要不今晚来份黄油烧鳐鱼?”

“今晚不行,朋友。走,你的衣服呢?”

他们坐着旅行车沿着海岸公路行驶,费德勒说道:“你听过一个叫米尔顿·克里斯特的美国人吗？好吧,实际上克里斯特酒店和一个叫克里斯特基金会的东西都是他的。但我可以肯定地告诉你的是,他有整个印度洋上最豪华的游艇。他有艘船昨天刚入海,克里斯特波浪号,将近两百吨,长达100多英尺。里面应有尽有,不管是一个漂亮的太太,还是晶体管留声机。里头还有先进的陀螺仪表,你知道的,从前的指南针一遇到大风浪就扯得急,完全没了方向。里面铺满了足有1英寸厚的地毯,还配置了空调。还有只有非洲大陆才有的干烟。最好的香槟适合早餐后来一杯,我上一次喝,还是在巴黎呢。"费德勒·巴比愉悦地笑着,说道,"我的朋友,那真是一艘要命的好船,哪怕克里斯特先生是个超级无敌大王八,那又怎么样,谁在乎呢?"

"对啊,谁在乎呢?关你我什么事呢?"邦德不以为然地问道。

"是这样的,朋友。我们马上要跟克里斯特先生在船上待几天了,同行的还有他那漂亮的太太。我已经答应乘他的船到沙格林,就是先前跟你提过的那个岛。那个地方在非洲班克岛之外,离这里远得要命呢,我们家除了在那儿捡些鲣鸟蛋,还不知道那个地方有什么用处。那鬼地方高于海平面仅仅三尺,我都已经有五年没去过了。但不管怎样,这个克里斯特先生想要去那儿。他正在搜集一些海底样本,好像与他的基金会有关,要找的一种濒临灭绝的小鱼据说只在沙格林岛一带水域出现。反正克里斯特表示那里有世上唯一的样本。"

"听上去倒有趣。那关我什么事呢?"邦德问道。

"我知道你在这儿有点无聊了,你还有一个星期才离开呢。于是我告诉他你是当地一个一流的潜水者,如果那儿确实有鱼的话,你定会第一时间找到。不管怎样,如果你不去,我也不会去。现在克里斯特先生也希望你能去。事情就是这样了。我就知道你一定在海岸附近闲逛,所以我就开车过来找你了,结果一个渔民告诉我有个白种男人疯疯癫癫地一个人在贝尔昂斯边想要自杀,我就知道一定是你。"

邦德笑了起来:"奇怪,这里的人居然怕海。你想想他们从出生到现在就一直跟海洋打交道。这里的人居然大多都不会游泳。"

"是罗马天主教会的缘故。教会不喜欢他们脱掉衣服。听上去很荒谬,不过事实就是这样。至于怕海,不要忘了你到这里才一个月。这儿有鲨鱼、梭鱼出没,你只是没见过它们闹饥荒的样子罢了。对了,还有石鱼。你见过人们踩到石鱼的样子吗? 他们一踩到石鱼,就会痛得身子往后弯,硬弯成一张弓,更恐怖的是,有时他们的眼睛还会从眼窝里掉出来,够吓人的。而且踩到的人基本都活不了。"

邦德不留情地批评道:"他们在暗礁那边下去,就应该穿上鞋子或包好他们的脚。这些鱼,包括巨蛤,可都是他们从太平洋弄来,拿去卖的。这真他妈的可笑。每个人都在埋怨在这里有多贫困、多潦倒,可这里的海下面都是鱼啊,在岩礁下还有五十多种不一样的宝螺,岛上的人大可把这些运到全球各地去卖钱,让自己过上好日子。"

费德勒·巴比纵情地笑道:"邦德拿督! 我要投你一票了。下回立法会我一定递上这个提案。你担任拿督正适合,你有远见,点子多,干劲足。宝螺!好家伙。其实战争后,这里也种过天竺薄荷,那会儿经济也一下子繁荣起来了,但之后就一直入不敷出,这回我们的宝螺定可以平衡这里的财政开支。口号我都想好了,'塞舌尔宝螺,唯一的选择!',到时你也会得到大家的颂扬,立马受封成为詹姆斯爵士。"

"这可比种那亏本的香子兰要挣得多。"他们就这样你一句我一句愉快地调侃着,直到棕榈树丛渐渐消失,一排排宽大的龙血树渐渐浮现,他们已来到马埃岛破败的郊区。

差不多一个月前,M局长通知邦德,要派他到塞舌尔岛执行一项任务。M局长说道:"海军部在马尔代夫新建了军舰基地,最近那儿出了些麻烦。斯里兰卡的一些共产党员偷偷地混了进去。他们煽动那里的人员罢工、怠工,无非也就是这些。为了止损,军舰基地不得不转移到塞舌尔岛,就是马尔代夫以南1000英里的地方,至少那里看着比较安全。但他们不想旧事重演。虽然移民局表示那里一切安全,但我向来乐于派人亲自过去看看,给我一个独立的看法。前些年马卡里奥在那儿被关,就让人感到不太安全。再说那儿常年有日本渔船在附近巡逻,偶尔还会有一两个英格兰来的避难者,再加上那里跟法国的关系还不一般。我确实不太放心,这回你过去一趟,给我好好地瞧瞧。"M局长望向窗外,英国时值三月,外头下着雨,里面还夹着雪,让人感到丝丝寒意,他加了一句:"小心,可别中暑了。"

邦德的报告,早已在一周前完成。报告表示在塞舌尔群岛唯一可以预想到的安全隐患,就是岛上那些善良、随处可见的塞舌尔居民,除此之外,并无任何可疑。邦德现在除了等待坎帕拉号轮船把他送回蒙巴萨①,并没有其他事做。他已经彻底厌倦这里了,酷热难耐的天气,萎靡的棕榈树,哀鸣的燕鸥,还有人们对于干椰子肉的絮絮叨叨。而现在即将到来的改变让他的心情顿时好了起来。

最后这周邦德都待在巴比家里,通完电话接到通知后,他们便收拾了行李,驱车来到了长路码头,随后把车子留在了那里的海关货棚。现在那艘铮亮的游艇正停靠在半英里外的锚定处。他们驾着一艘装了舷外发动机的木舟驶出光亮透明的海湾,穿过岩礁石处的开阔地带,向游艇驶去。克里斯特波浪号看上去并不漂亮,过宽的船身,杂乱的上层构造,大大破坏了整体线条的美感,不过邦德一眼便识别出它是一艘上好的船,它志在四方,而不仅仅在佛罗里达群岛②内小范围活动。远远看过去,船上似乎没有人,但当他们靠近,却见两位矫健的身穿白色短汗衫的水手站在舷梯上,他们手里拿着撑杆准备挡开那只破旧的小木舟,以免它蹭到游艇刮掉铮亮的油漆。水手接过他们两个的行李袋,其中一个水手拉开了铝制舱口盖,挥手示意他们走下去。当邦德朝舱口走去,下了几级阶梯便来到一间客舱,这时一阵冰冷的气息扑鼻而来。

客舱里没有人。这不是一间客舱,更像是一间富丽堂皇、舒适宜人的休息室,完全看不出是在船内。大大的落地窗前挂着的威尼斯百叶窗拉了一半,几张高扶手椅围在矮茶几四周。浅蓝的地毯

---

① 蒙巴萨:肯尼亚东南部港市。
② 佛罗里达群岛:美国佛罗里达半岛南端的岛群。

铺满了整个空间。墙壁由银色木板镶嵌而成,还有米白的天花板,相得益彰。房间一边还有一张桌子,桌上摆放着寻常的办公用具和一部电话。那台大型留声机旁的是餐具柜,上面摆满饮品。餐具柜上面则挂着一幅画,那是一个美丽少女的半身像,漆黑的头发散落在黑白条的宽松上衣上,看着像是法国印象派画家雷诺阿的真迹。再加上中央茶几上摆放着的一只白色大花盘,里面插着一束蓝色风信子,而另一个办公桌上整齐摆放着几本杂志,这一切看着就像是城里头的一间精装豪华起居室。

"我说得没错吧,詹姆斯?"

邦德赞赏地摇了摇头,感叹道:"海里头就该是这个样子,就该让人感受不到海的存在。"他深深地吸了一口气,"一口清新的空气让整个人都放松了。我都几乎忘了清新空气的味道。"

"外头的才叫清新,伙计。这只是罐装的。"米尔顿·克里斯特先生不知什么时候进来的,现在正静静地盯着他们。他50出头,是个强硬、坚韧的男人。他看着硬朗而且矫健,穿着浅蓝的牛仔裤,军装样式的衬衣,宽大的皮带,看得出他热衷于打造一副强硬有力的个人形象。那张饱经风霜的脸上有着一双浅褐色的眼睛,它们微微低垂着,露出倦怠以及傲慢的神色。嘴巴向下弯着,显示的是一种幽默又或是傲慢的姿态,大概是后者。他随意甩出的话,听起来中规中矩,无伤大雅,然而那一声"伙计",却带着点傲慢之气,感觉刚向做苦力的小工抛了枚小硬币一般。让邦德感到最奇怪的还是他的声音,声音很轻,从齿间传出的话含糊不清,却富有吸引力,简直就像是已故美国影星亨弗莱·鲍嘉的声音。邦德上下打量着对方,头发稀疏的平头上夹杂着白发,看起来像是子弹般的脑袋上面撒了些铁锉屑;右手臂上纹的是一只鹰,蹲坐在一个缠着锁链的锚上面;脚下穿的是一双简单的皮鞋,双脚站在地毯上如同船员一般成直角站立。邦德暗想,对面的这个人自以为是地把自己当作是海明威笔下的一个勇者,定也要别人如此相待,便打定主意不要跟对方打交道。

克里斯特先生从地毯另一边走了过来,伸出他的手,问道:"你就是邦德吧? 很高兴你能来,先生。"

邦德料到对方会紧紧握住他的手,没准能把他骨头给握碎,伸手时特意绷紧了肌肉。

"潜水时要戴呼吸器吗?"对方问道。

"不用,我一般潜得不深,只是爱好而已。"邦德答道。

"那你是做什么工作的?"

"公务员。"

克里斯特先生爆出一声大笑:"人民的公仆,循规蹈矩地服役。全世界也就你们英国人最知道怎么做个出色的管家和男仆。你是说公务员? 我想我们会处得很好的。我最喜欢周边有公务员了。"

甲板上舱门打开的声音缓和了邦德的火气。当一个皮肤晒得黝黑的女人赤身裸体地走下来时,邦德脑中刚刚不愉快的事顿时一扫而空了。不,实际上她并不是裸体,只是身上浅棕色的比基尼缎子特意设计出这种看着像裸体的效果而已。

"瞧瞧你,宝贝儿。刚刚躲到哪儿去了? 这么长时间没见到你了。过来见见巴比先生和邦德先生,都是跟我们一起同行的伙计。"

说完克里斯特先生朝女人的方向指了指,向邦德他们介绍道,"伙计们,这是克里斯特太太,我的第五任太太。以防有人打什么主意,我要先说明一下,她爱克里斯特先生。是吗,宝贝儿?"

"噢,别说这些傻话了,米尔顿,你在明知故问。"克里斯特太太笑得相当可爱,她跟客人打招呼,"你好,巴比先生,还有邦德先生,很高兴能跟你们一起同行。喝点什么吗?"

"先等等,宝贝儿。让我先把船上的事安排好,好吧?"克里斯特先生轻声和蔼地打断道。

女人羞愧得脸都涨红了,赶紧答道:"噢,当然,米尔顿,你先忙。"

"好。现在大家都知道在这艘豪华游艇上,谁是船长了吧?"他愉悦的笑容感染着大家,继续说道,"那么现在,巴比先生。顺便问下,你姓什么来着?费德勒,嗯?这可不一般,虔诚信徒才取这样的名字。"克里斯特先生咯咯地窃笑了两声,继续正题,"好吧,现在,费多①,我们上驾驶台甲板,让这个过时的小东西动起来,嗯?最好由你来把它开到公海,定好路线,剩下的交给弗里茨就好。这船里,我是船长,他是驾驶员,还有两个人员负责轮机舱和食品舱,他们三个都是德国人。只有差劲的水手才会留在欧洲,而他们都是顶级的海上人员。还有邦德先生,你的姓是?詹姆斯,嗯?好吧,吉姆,你就发挥一下你人民公仆的精神,帮帮克里斯特太太吧。帮着她弄些

---

① 费多:克里斯特先生不礼貌,给巴比取的昵称,如同下文给邦德取的"吉姆"。

午餐前的开胃小菜之类的用来下酒。对了,你可以叫她莉兹,她先前也是英国佬。你可以跟她谈谈皮卡迪利广场等一些戏院及娱乐中心的逸闻趣事,那些地方她都知道。好吧? 走吧,费多。"他像个孩子似的跳上了台阶,嘴里喃喃地说道,"我们赶快滚出去。"

舱门终于关上了,邦德松了一大口气。克里斯特太太向邦德抱歉地说道:"你不要介意他的玩笑话。他只是在说笑而已。他这个人有点儿反常,就是喜欢看看自己能不能惹恼别人。他这个人很淘气,只是觉得这些好玩,没有恶意的。"

邦德朝对方笑了笑,表示理解。他不禁想到,克里斯特先生开了这么多的"玩笑",面前的这个女人又要向不同的人重复多少遍这样的话,来抚平对方呢? 他说道:"我觉得你先生需要意识到这一点。他在美国也这样开玩笑吗?"

"他喜欢美国人,在美国,他只对我这样。就是在国外的时候他会不太一样。你知道的,他的父亲是个德国人,是个地地道道的普鲁士人。他遗传了他父亲及那些德国人的愚昧的想法,认为欧洲人都一无是处之类的,认为他们正在慢慢衰退。跟他争辩没用的,他就是一根筋。"她说这话时,倒心平气和,没有一丝怨恨的味道。

原来如此! 又是一个老德国家伙。总想要踩你脚上或掐住你的喉咙,不让你好过。确实是个大笑话! 他把这个美丽的姑娘当作自己的奴隶,他的英国奴隶? 这个女人又要忍耐些什么呢? 邦德不禁问道:"你们结婚多长时间了?"

"两年了。我先前在他的一个酒店当接待员。你知道的,他是克里斯特集团的持有人。从前的日子很美妙,就像童话故事里面的一样。我有时还会掐自己，看看自己是不是在做梦。这些，你看。"她朝这个富丽堂皇的休息室摊了摊手，"况且他对我也非常好，常常送我礼物。他在美国是个有地位的人，你知道的。不论到哪儿，人们都把他当皇室来招待，这样的感觉很奇妙。"

"我想也是。他很喜欢那样的生活吧？"

"噢，是的。"她无奈地笑了笑，"他有独裁者的心态。如果没有得到好的招待，他就会不耐烦。他说一个人奋力爬到树的最高处，他就该享有顶端最好的果实。"这时克里斯特太太意识到自己说得有点儿过了，便匆忙地说，"不过真的，我在说些什么来着？别人没准以为我们认识好多年呢。"她羞怯地笑了笑，继续说，"或许是见到老乡的缘故，总有好多话要说，不过我真的要先离开一下添点衣服了。我刚刚在甲板上晒日光浴来着。"这时船中部的甲板下传来一阵低沉的隆隆声。她说："你听，开船了。你不如先到后甲板看看我们的船离开码头的景色，我换个衣服，很快就过去找你。伦敦的很多事我都想要知道呢。这边请。"她从他身旁走过，把门推开了，继续说道，"实际上，到甲板上过夜会是个明智的选择，那儿有充裕的软垫。船舱里虽然有空调，但还是蛮闷热的。"

邦德感谢她的好意，随后走出了休息室，把身后的门带上。这是一个很大的井型甲板，甲板采用的是麻质纤维板，船尾放了张用海绵乳胶制的、奶油色的半圆靠背沙发。藤条椅散落四周，在一个角落里还有个吧台。邦德脑海里顿时闪过一个想法，克里斯特先生或许是个嗜酒的家伙。是他在瞎想吗？还是说克里斯特太太确实有点害怕她的先生？她对她先生的态度里有点痛苦的奴役感。但可以确定的是,为了她的"童话故事",她付出了沉重的代价。现在船只慢慢起航,逐渐把郁郁葱葱的马埃岛海岸抛在身后,邦德估计此时船速大概有 10 节,他们很快就会来到塞舌尔群岛北端,然后向公海驶去。邦德一边听着游艇排出的水在海里翻滚形成黏稠的泡沫,一边无所事事地想着那漂亮的莉兹·克里斯特太太。

她或许当过模特,就在她成为酒店接待员前。酒店接待员是份体面的女性职业,然而终究有丝丝暗娼阶层的味道。而现在她更是拖着那副美丽动人的皮囊跟随着那个自命不凡的家伙四处奔走,而实际上他或许根本无所作为。她身上也没有模特高冷的气息,她的体态给人温暖的感觉,她的脸庞也展现出一副友好、可信赖的模样。她或许 30 岁,但肯定不过 30,她露出的那份可爱足以表明她仍旧稚嫩。最迷人的还是那淡金色的秀发,沉甸甸地披散在脖子以下,空荡荡的脖子上没有饰品装饰,她却似乎对自己朴素的装扮感到满意。邦德有留意到她闲时并没有特意卖弄风骚地抖动或摆弄她的头发,这点让邦德很赞赏。她安静、近乎乖巧地站在那里,一双清澈明亮的蓝色大眼睛大部分时间都紧紧地锁在她丈夫身上。她的嘴唇没有抹任何唇膏,手指跟脚趾也干干净净没有涂上指甲油,眉同样自然没有经过修饰。或许是她先生特意让她这么做的,让她保持像日耳曼姑娘那样的天真自然?或许是这样的,邦德不以为然地耸了耸肩。这真是对稀奇的组合啊,中年海明威坚韧硬朗,有着一副亨弗莱·鲍嘉的柔和声音,娶了一个可爱、淳朴的姑娘。在丈夫强硬的雄性架势之下,她紧跟在他身后给别人递饮品时总是一副畏畏缩缩的模样。这时候,空气中总会有种紧绷的气息。邦德无所事事地在那臆想,那个男人自以为是个什么了不起的人物,表现出来的都是强硬、粗暴的行为,只不过是夸张地摆弄着自己的男性特质。跟这样的人相处四五天肯定不容易。邦德看着船右侧美丽的锡卢埃特岛渐渐消失在视野中,暗自发誓绝不发脾气。美国人都是怎么说来着?"吃乌鸦①。"这将会是一场有趣的心理考验,接下来几天他都要吃乌鸦,绝不会让这个浑蛋阻碍了本来美好的旅程。

"喂,伙计,在偷懒?"克里斯特先生正站在艇甲板上,俯视着下面的井型甲板,对邦德打趣道,"你都帮了克里斯特太太些什么?我想你定是留她一个人在忙。不过也对,又有什么关系呢?女人生来就是要忙这些的,不是吗?你是在观察这艘船吗?费多暂时还在掌舵,我正好有空出来看看。"还没等邦德回复,克里斯特先生就转身从4英尺高的地方走了下来。

"克里斯特太太在添些衣裳。是的,我想要好好看看这艘船。"

克里斯特先生盯着邦德,目光里带着严厉与傲慢,说道:"好。那现在,我先给你讲讲这艘船的来历吧。这是布朗森造船公司的杰作。我刚好拥有该公司90%的股份,无论我想要什么拿走就是。船是由顶级海军建筑师罗森布拉特亲自设计的,船身长达100英尺,宽21英尺,吃水6英尺。两台500马力的顶级柴油机。航行速度最快可达14节。以8节的速度,连续巡航2500英里完全没有问题。全船备有空调,还有开利公司特制的两个5吨集装箱。里头可以储存足足一个月的冷冻食品和饮品。我们缺的只是洗漱用的淡

①　吃乌鸦:美国俚语。被迫承认错误,道歉,赔罪。

水。明白吗？现在一起走到前面去,看看船员的舱房吧,然后再回来。还有一件事,吉姆,"克里斯特先生用脚踏了踏甲板,说道,"这是地板,看到了吗? 这船上由头儿说了算。如果我想让任何人停下手上的任何事,我不会喊'慢着,等等',而是直接喊'停',懂我的意思吗,吉姆?"

邦德客客气气地点了点头:"理当如此。她是你的船嘛。"

"应该说'它'。"克里斯特先生纠正道,"又在说一些蠢话了,一大块钢铁和木头做成的东西怎么能用人称代词呢? 不管怎样,走吧。走路时可不用担心撞着脑袋,这儿的空间都足有 6 英尺 2 英寸高。"

邦德跟随着克里斯特先生走下了狭窄的通道,实际上那条通道足足贯穿船的前后,邦德花了半个小时对这艘他所见到过的最精致的豪华游艇观察了一番,并适时地高度赞扬。船上的每个角落都设计得非常人性化。即使是船员的卫生间也是原尺寸,如同寻常家里的一般大小。不锈钢质地的船上厨房,或者如同克里斯特直接管它叫厨房,面积也跟他的特等舱房一般大。克里斯特先生没有敲门直接推开自己的特等舱房,只见莉兹·克里斯特坐在梳妆台前。"你怎么在这儿,宝贝儿?"克里斯特先生用他轻柔的声音问道,"我以为你在外头准备饮品呢。见鬼,你花了这么长时间来梳妆打扮,是想要在吉姆面前显摆一番,对吧?"

"对不起,米尔顿。我刚进来,可是衣链卡住了,我折腾了一会儿。"女人匆忙拿起一个小粉盒,走到了门边,对着房间其余两个人勉强地笑了笑,便走了出去。

　　"佛蒙特州的桦木镶板,康宁①的玻璃灯,墨西哥的绒毛地毯。这幅帆船图是美国画家蒙塔古道森的真迹,顺便提一下……"克里斯特先生口若悬河地向邦德介绍房里的设计。然而邦德却留意到那张大号双人床旁的床头柜上,有一件不太显眼的东西垂挂着,而且显然那一边是克里斯特先生睡的。仔细一看,却是一条细长的鞭子,约3英尺长,带着皮革捆扎的手把。邦德认出来了,那是刺虹的尾巴。

　　于是邦德漫不经心地走到床边,拿起了那条鞭子。用手指顺着鞭子往下摸了摸带刺的软骨。即便只是摸一摸,他的手指也能感到*丝丝痛楚*。他问道:"哪里弄来的? 我今天早上才捉到一条这样的东西。"

　　"在巴林岛弄到的。阿拉伯人专用这个来对付他们的太太。"克里斯特先生又轻轻地窃笑起来,"这玩意儿,只要一鞭莉兹就受不了,效果极好。我们可管它叫'惩罚器'。"

　　邦德把东西放回原位,他直直地盯着克里斯特先生,问道:"是这样的吗? 在塞舌尔群岛,里面的克里奥耳人②都态度强硬,哪怕持有一支这东西也是非法的,更别说用来打人了。"

　　克里斯特先生向门边走去,冷冷地说道:"伙计,可不巧,这船正好属于美国。我们出去喝点什么吧。"

---

　　①　康宁:康宁公司是美国一家特殊玻璃和陶瓷材料的厂商。
　　②　克里奥耳人:不同地区有着不同含义,在西印度群岛,克里奥耳人是指在殖民地出生的欧洲后裔。

克里斯特先生在午餐前喝了三大杯伏特加酒和牛肉汤调制的雄牛鸡尾酒，午餐时又喝了些啤酒。那双灰白的眼睛渐渐变得黯淡，里头还笼着一层水光，齿间嘶嘶的声音仍旧轻柔，语调从容，他从头到尾独自滔滔不绝地向大家解释着出海的目的："呀，伙计，你看，事情是这样的。在美国，我们有一种基金会制度，专为一些挣了大钱，却又不想把钱交到山姆大叔①金库的幸运儿服务。它是这么运作的，先找人建立一个基金会，比如我的克里斯特基金会，名义上专做慈善，资助所有人，包括孩子，病残弱者，还有一些科研项目，当然你可以把钱花到任何地方，只要是除了你自己或你的家属身上，那么你就可以逃过一大笔税款了。为此我花了 1000 万美元成立了克里斯特基金会，而自打我起了出海环游世界这个念头，我就花 200 万美元买下了这艘船，然后告诉史密森尼博物院——那是我们基金会下属最大的自然历史研究机构——他们要我到世界各地探索，为他们收集一些样本。为此总要给我一笔科研经费，对吧？就这样，每年我都会有三个月的美好假期，而我需要消耗的不过是身上几斤尊贵的脂肪而已！"克里斯特看向他的客人们，等待着他们的掌声，加了一句，"懂了吗？"

费德勒·巴比疑惑地摇了摇头，咨询道："这听起来很妙，克里斯特先生。但这些都是稀有样本，不好找吧？如果史密森尼博物院想要的是一只巨型熊猫，或一个珍稀海贝之类的，你到它们先前的栖息地就能找到它们？"

---

① 山姆大叔：美国的绰号和拟人化形象。

克里斯特先生缓缓地摇了摇头,悲哀地说道:"伙计,你头一天出生啊。钱,只要有钱要什么有什么。你想要只熊猫?你可以去买啊,找家可怜的动物园,那里的人正愁着没钱为爬行动物的住所添个中央暖气,或为他们的老虎或其他什么动物建立一个新的活动区域。至于海贝?总会有人收藏的,你找到那个人,给他一大笔该死的银子,哪怕他会哭得死去活来,也还是会卖给你的。当然有时候政府方面会有一些小麻烦,总会有些玩意儿是什么一级保护的珍稀物种。但那也没问题,我举个例子。昨天我来到你们岛上,想要一只普拉兰岛的黑鹦鹉,阿尔达布拉岛的巨型陆龟。我还想要你们当地产的各式的宝螺,还有我们准备要去捕获的这种鱼。头两样可是受法律保护的。昨晚,我拜访了你们的总督,打听城里的一些情况。我对他说:'阁下,我知道你想要建一个公共游泳池教本地的孩子游泳。没问题。克里斯特基金会会拨一笔钱帮助你们。需要多少?5000,10000?没问题,就10000吧。这是我的支票。'我当场就给他开了张支票。我拿着支票跟他说:'阁下,只有一个小要求,我刚好需要你们这儿的黑鹦鹉和阿尔达布拉岛的陆龟做样本。我知道它们受法律保护,可我只想各要一只拿回美国送到史密森尼博物院,作科研用途,这该没关系吧?'当然,这里头少不了一些奉承恭维的话,我也就不细说了,但看在科研的分上,也看在我手上还拿着支票,最后我们握手成交,皆大欢喜。就这样搞定了吧?然后,回去的路上,我在城里头待了一阵子,跟你们商会一个很好的伙计——阿尔文达纳先生碰了面。我委托他帮我找找鹦鹉跟陆龟样本,暂作保管,然后我才跟他谈到宝螺。这个阿尔文达纳先生碰巧有这些鬼玩意儿,他还是个孩子的时候就开始收集这些一直到现在。他把他的藏品展示给我看了,都保存得很好,每一个都细心独立保存在棉绒里。很好的一套藏品,里头还有几个是我尤其要收集的雨丝宝螺和地理宝螺。很遗憾,他说没有想到要出售,还表示这些对他来说意义有多深重之类的。一堆废话!可我就只盯着他,问道:'多少钱?'不,不卖,他告诉我从没有想过要出售。又是一堆废话!我什么也没说,直接拿出我的支票簿,开了张 5000 美元的支票,递到他跟前。他看着那张支票,足足 5000 美元!他没办法拒绝,折了一下支票直接放进口袋了,然后,那个没用的家伙居然痛哭流涕起来!你们信吗?"克里斯特先生一脸难以置信的表情,摊了摊手,继续说道,"就为了几个该死的海贝。我也只能安慰他想开点,一边匆忙把那几盘海贝打包,快速离开那个鬼地方,谁知道那个磨磨蹭蹭的家伙会不会懊恼得疯掉然后开枪自杀。"

克里斯特先生坐着往后一靠,对自己的表现相当满意,朝着他的客人问道:"怎样,伙计,你们怎么看?才到岛上一天,我就把清单上四分之三的东西弄到手了。干得漂亮吧,吉姆?"

邦德答道:"回去没准还能得到一枚奖章呢。不过那条鱼呢?"

克里斯特先生站了起来,走到书桌前,不停地翻着一个抽屉,随后他从里面拿出一张手写的纸张。"在这儿。"他读出声来,"'希尔德布朗鳞鱼,1925 年 4 月,由威特沃特斯兰德大学的希尔德布朗教授于塞舌尔群岛的沙格林岛撒网捕获。'"克里斯特先生抬起头停顿了一下,接着说道,"后边一大串学科废话。我找人把它弄得浅显易懂了,如下。"他把纸张翻了过去,"'金鳞鱼科中稀有的一员。这是已知的唯一样本,发现时,长达6英尺,以捕获者命名为希尔德布朗鳞鱼。鱼身呈亮粉色,带有黑色横条纹。肛门、腹鳍、背鳍均为粉色,尾鳍则为黑色。眼睛大且呈深蓝色。如有发现,需格外小心,因为这种鱼全身的鳍比其家族其余的鱼都要尖锐。希尔德布朗教授还记录了他发现这个样本的地点,是在沙格林岛西南部的暗礁边缘水下3英尺处。'"克里斯特先生把纸张扔到桌上,接着说,"好了,就这些了,伙计们。我们跑这么远,花这么多钱,就是为了找这条6英尺长的小东西。就在两年前,国家税务局的人还厚颜无耻地暗示我的基金在糊弄人!"

莉兹迫不及待地插嘴道:"可我们确实如此啊,米尔特,不是吗?这次可一定要带回大量样本跟其他东西呢。那些讨厌的税务官员不是在讨论,如果我们不能取得杰出的科研成绩,他们就要否决掉我们的游艇项目以及过去五年间的花费,他们是这个意思吧?"

"宝贝儿。"克里斯特用着如同天鹅绒般柔软的声调对她说:"你就想一直围绕着我的私事喋喋不休下去,是不?"他的语调不轻不重,仍旧和蔼亲切地继续说,"你知道自己刚刚都做了什么吗,小心肝?你获得了一个小奖赏,今晚可以尝尝惩罚器的滋味了。这就是你干的好事。"

女人双手掩着嘴巴,瞪大了眼睛,低声哀求道:"噢,不,米尔特。噢,不要,求求你。"

第二天黎明时分,他们来到了沙格林岛。最先是雷达发现了目标,扫描器上的海平线上隆起了一小块,很快宽广天地间的这块微小模糊的弧形黑团慢慢地变大,最后成了一条近半英里长带有白边的绿色长带。两天的航行,这艘孤独的游艇仿佛是混沌天地间唯一的浮萍,这时出现的陆地让人觉得异常珍贵。在此之前邦德压根儿就不知道,也从未想象过沉闷、忧郁的滋味。然而如今他总算体会到,海上航行是怎样糟糕的一种体验:黄铜般的太阳高高悬在空中;似镜般的湖面,死气沉沉;浑浊阴沉的空气让人窒息;云朵在这世界边缘的上空不远不近地慢慢浮动,却从不施舍一丝微风或一滴雨水。多少世纪了,水手们在这印度洋里弯腰划桨,整整一天也只不过让沉重的船只移动1英里,他们又向上苍祈祷过多少次让这块小小的云儿给他们来点微风和细雨!邦德站在船头,看着飞鱼从船底跃出,看着深蓝色的大海远处的深滩慢慢浮现出褐、白、绿斑驳的色彩。很快就不用在船上无所事事地站着或躺着了,他可以再次漫步在沙滩边,畅游在海里,多么美妙。他还可以独自安静那么一段时间,不用再忍受米尔顿·克里斯特先生的夸夸其谈,太痛快了!

　　船停靠在暗礁外水深10英寻①的地方,费德勒·巴比领着他们上了小快艇,往岛上驶去。怎么看,沙格林岛都是一个标准的珊瑚岛。泻湖浅滩50码开外,有一片约20亩的沙地和成片的死珊瑚以及矮小灌木丛,被环状暗礁围绕着,一道道波浪轻轻拍打着岩石,发出咝咝声。当他们着陆时,燕鸥、鲣鸟、军舰鸟等各样的鸟儿因惊慌而扑腾而起在空中盘旋,但很快,它们又重新安静下来。岛上弥漫着一股海鸟粪的氨味,灌木丛上也铺了一层层白色的粪便。除了

---

①　英寻:测量水深的长度单位,1英寻=1.8288米。

那些鸟儿,岛上唯一的生物就是在灌木藤条间四处奔走、左刮刮右蹭蹭的陆蟹,还有藏在沙土中的招潮蟹。

　　岛上都是白沙,周边没有一点儿遮蔽物,太阳照射下,白花花的使人感到目眩。克里斯特先生吩咐下面的人给他搭建了一顶帐篷,然后自己坐了进去,在里头抽起了雪茄。三名船员驾驶快艇来来往往运输着不同的工具到岸上,克里斯特太太则跑到海滩游泳、捡贝壳。另一边邦德和费德勒·巴比戴上了潜水罩,一个往左一个往右分别潜入水底,地毯式地探寻着岛上所有的礁脉。

　　当你在水下寻找某种特殊生物,如海贝、鱼、海藻或珊瑚之类的生物,你最好把自己的注意力和眼睛集中在目标生物的个体形态上。否则海底五光十色的光影穿梭,不同形态的身影浮动,无休止地冲击着你的视觉,会使你意乱情迷,无法心无旁骛。邦德在这个奇妙的水下世界缓缓地涉水而行,脑海中只有一个画面:一条前所未见的6英尺长的鱼,粉色,黑条纹,大眼睛。克里斯特先生曾嘱咐过:"如果见到它,你只要大喊一声,别离开就好,其他的交给我。我帐篷里有瓶小东西,用来抓鱼极好,你一定没见过。"

　　邦德暂停了一下,让眼睛休息片刻。海水浮力很大,邦德甚至可以不花任何力气地脸朝下在水面上趴着。他无所事事地用矛尖刺破了一个海胆,海胆黄从里面散开来,一群闪闪发亮的岩礁鱼类猛地向前冲去,在那散落开来的黑色尖刺间争相觅食。邦德在想,若真的寻到那条稀有宝贵的鱼儿,得益的也只有克里斯特先生,这个事情想想也不爽!如果他发现那条鱼,可不可以不吭一声?多幼稚的想法,不管怎么说,出发前他可是答应过巴比的。邦德继续缓缓前进着,他的眼睛下意识地再次开始狩猎,然而脑袋里却开始想着那个女人。前些日子,她可是一整天都躺在床上,克里斯特先生说她头痛,不舒服。她会不会有天突然对他发动袭击?她会不会在某天夜里拿起一把刀或一支枪,当他伸手要去取那条可恶的鞭子时,把他干掉?不,不太可能。她太柔弱了,太容易妥协了。克里斯特先生没选错,她就是做奴隶的料。那些陷阱般的所谓'童话故事',对她来说太珍贵了。倘若她真的把他杀了,在法院上只要把那条刺虹鞭拿出来,陪审团肯定会判定她属自卫,最后只会无罪释放,这个她知道吗?她完全可以摆脱那个该死可恶的男人,独自享用那些童话般的生活。邦德应该把这些告诉她吗?不要傻了!他怎么能跟她说这些?要跟她说:"噢,莉兹,如果你想要谋杀亲夫,完全没问题的。"邦德被自己荒谬的想法逗笑了。见鬼去吧!不要干预别人的生活。她或许好这口,喜欢受虐呢。但邦德也知道,答案显然是否定的。可以看出这个女人生活在恐惧中,甚至还活在厌恶中。从那双温柔的蓝眼睛中读不出些什么,但那双窗户偶尔会露出一次或两次如同孩子般反感的神情。那是憎恨吗?也或许是反胃、恶心。可不管是什么,邦德赶紧把克里斯特夫妇的事从脑袋里甩开,头探出水面,看看自己绕着岛行了多远。就在离自己仅仅100码的地方,邦德看到费德勒·巴比的通气管在水面上冒出,看来他们差不多绕岛一圈了。

两个人会合后,一起游到了岸边,躺在了热沙上。这时费德勒·巴比开口说话了:"我这边什么鱼儿都有,除了我们要找的那条。不过我倒走运,碰到了成群聚居的夜光螺。珍珠色的外壳,密

密麻麻的一大片,像个小足球场那般大,可值不少钱呢。回头我要
赶紧派艘船过来打捞。我还看到一条蓝色的鹰嘴鱼,看着估计有
30磅,好家伙,而且它跟这儿的其他鱼儿一样乖得很,像条听话的
狗。我倒没有起杀心。如果杀了它们,恐怕会有麻烦。两三条豹鲨
在暗礁附近游荡,在水底要是有半点血腥味,它们肯定会立马围过
来。现在我饿得不行了,要喝点吃点了。之后,我们再分头找
一遍。"

　　他们起身朝海滨的帐篷走去。克里斯特先生远远地就听到了
他们的声音,走出帐篷跟他们碰面,问道:"啥也没抓到,是吧?"他
用力地挠着腋窝,生气地埋怨道:"该死的白蛉,一直咬着我。这简
直是个鬼地方。莉兹受不了那股臭味,已经回到船上去了。我们最
好再好好搜寻一番,然后离开这个鬼地方。你们先自便去吃点东
西,冰袋里有冷藏的啤酒。来,给我一副潜水罩。这鬼玩意儿是怎
么用的?我或许也会想要潜到海底去看一看。"

　　随后他们坐在闷热的帐篷里,吃着鸡肉沙拉,喝着啤酒,闷闷不
乐地看着克里斯特先生在外头戳着浅滩的沙子,眯着眼睛看着里头
有些什么。费德勒·巴比说道:"他说得没错,这确实是个鬼地方。
除了螃蟹、鸟粪、漫无天际的海水,什么都没有。只有那些脑袋进了
水的欧洲人才会想要来这些珊瑚岛。苏伊士运河以东,神智只要正
常的人都不会对此感兴趣。这样的小岛,我家大概有十个,面积不
小,里头还住着一些村民,靠着干椰子肉和海龟挣得不少钱。可是
我倒宁愿拿这些所有去换巴黎或伦敦的一套公寓。"

　　邦德笑了起来,开始说道:"在《时代》杂志上打个广告,你就可

以得到一大堆——"这时,50码开外的地方,克里斯特先生正打着狂乱的手势。邦德说道:"那个王八是发现那条鱼了还是踩到犁头鳐了?"说罢,拿起了他的潜水罩,朝海边跑去。

克里斯特正站在离浅滩最近的暗礁处,水深过腰,他用手指兴奋地往下戳着水面。邦德慢慢地游了过去。一堆破损的珊瑚间,偶尔能看见一些黑礁砾冒出头,而周边蔓延着一片海藻。各种蝴蝶鱼和一些礁岩鱼类在岩石间嬉戏,一只小龙虾把须角探向了邦德。一条巨型绿鳗把头伸出洞口,半开的嘴里头长了两排锋利的牙齿。那双金黄的眼睛警惕地盯着邦德。这时邦德看到绿鳗嘴边不到一步的地方,站着的正是克里斯特先生,他那双长满毛发的小腿,透过护目镜看过去就像根灰白的树干,邦德顿时觉得好笑。他用手上的金属矛头轻轻地戳了一下绿鳗,想要鼓动它的士气,向旁边的"树干"进攻,然而那条鳗鱼猛地咬了一下矛尖,便缩了回去,不见影踪。邦德停了下来,在水中漂浮着,他的眼睛扫视着这个绝妙的水下丛林。一团模糊不清的红色东西正从水汽弥漫的远处朝自己的方向游来。它在邦德身下绕着圈,似乎在喝瑟地炫耀着自己的美丽身躯。深蓝色的眼睛审视着邦德,毫无畏惧之意。随后又自顾不暇地啃着黑礁砾下的海藻,不时还向悬浮在水中的黑点猛冲过去,最后它表演完毕,便无精打采地谢幕离场,沿着原路游回迷雾中。

邦德游开了绿鳗洞,在水上站直腰后,摘下了面罩。他看过去,只见另一边克里斯特先生仍戴着护目镜,站在那儿不耐烦地盯着他。邦德对克里斯特先生说道:"没错,是它。我们最好悄悄地离开。这类岩礁鱼都习惯固定在同一个地方觅食,它不会跑远的,除非受到了惊吓。"

克里斯特先生扯下了面罩,虔诚地说道:"天杀的,我居然找到了! 不错嘛,我找到了。"随后他慢慢地跟着邦德回到岸上。

费德勒·巴比正等着他们。克里斯特先生兴高采烈地对巴比说道:"费多,我找到那畜生了。我,米尔顿·克里斯特找到的。你懂些什么? 你们两个所谓的专家可在那儿花了一个早上。我只不过拿了你的潜水罩,听着,我才戴上没多久,才过去 15 分钟,就发现了。你怎么看,嗯,费多?"

"好极了,克里斯特先生。好得很。那么我们要怎么抓它呢?"巴比问道。

"啊哈。"克里斯特先生缓缓地打了个眼色,说道,"我刚好有送它上西天的门票。我从一个化学家朋友那里要来了一种叫毒鱼藤的玩意儿,是由鱼藤根提炼而成的。巴西当地人捕鱼用的都是这个。只要倒进水里,你要捉的东西一旦沾上,必定一命呜呼。这种毒药,会压缩鱼鳃里的血管,使它们窒息。人没有鳃,因此这玩意儿对人没有作用。明白吗?"克里斯特先生转向邦德,吩咐道,"吉姆,听着,你出去继续监视,不要让那该死的家伙跑掉。费多和我拿了家伙就过去。"他指了指目标位置往上的区域,继续说道,"时机到了你说一声,我就在那儿倒下毒鱼藤,它会顺着水往下流过去,明白吗? 你可要把握好时机,那东西我只要了 5 加仑。没问题吧?"

邦德回应一声表示没问题后,慢慢走进水里潜入水中。他在此前站的位置懒洋洋地游动着。很好,海底下一切如初,小东西们都在原来的位置忙着自己的事。那条绿鳗看到邦德，再次把尖尖的脑袋缩回洞边，那只龙虾仍旧伸出长长的触角探寻着他。才一分钟，那条希尔德布朗鳞鱼像是跟邦德约好了似的，又再次出现。这一次，它游得很高，几乎要凑到邦德的脸上。它看着护目镜下邦德的眼睛，似乎被什么扰乱了心智，猛地一下游开了。它又在岩石丛中游戏了片刻，随后消失在远处。

慢慢地水下这片区域习惯了邦德的存在，对其不以为然了。一只小章鱼先前一直伪装成珊瑚的颜色躲在珊瑚丛中，现在也现形了，它小心地探索着四周，朝沙地游去。一只蓝黄色的龙虾从岩石下爬出几步，疑惑地看着他。还有看着像是鲤科的小鱼儿轻轻地啃着他的脚掌和脚趾，啃得他痒痒的。邦德用矛枪帮它们打破了一个海胆，它们立即猛地冲过去抢夺更美味的食物。邦德把头冒出水面，只见克里斯特先生站在邦德右侧20码开外的地方，手持一个扁平的容器。只要邦德给个信号，对方会立马把东西倒进水里，液体很快会在水面大范围扩散开来。

"好了吗?"克里斯特先生问道。

邦德摇了摇头，答道："看到它我会伸出拇指的。那时你要赶紧投放。"

"好的，吉姆，毒药可由你来瞄准投放了。"克里斯特先生回应道。

邦德把头潜到水下。下面像是一个和谐的小社区，大伙儿都在为自己的生存忙碌着。谁会想到就因为5000英里外的一个博物馆里头，有某个人意向不明地表示想要那么一条鱼，为了捕获它，很快这里的上百或许上千的小生命就要跟着陪葬了。一旦邦德打个手势,死亡的阴影就会笼罩这片区域。毒药的药效会持续多久呢?又会往下扩散多深呢?或许不止数千,而是上万的生物会葬身这片死海。

一条小巧的硬鳞鱼出现了,身上细小的鱼鳍在水里呼呼地扇动着,如同船上的螺旋桨。这种生活在岩石中的美丽鱼儿,身上布满了金、红、黑色的斑点,色彩绚丽,现在它正在沙里细啄着什么东西。一对不知从哪里冒出头的黑黄条纹岩的豆娘鱼,估计闻到了海胆黄的气味,朝着海胆的碎片游了过去。

这片暗礁中,谁是这些小鱼儿的死神呢?它们怕的又是什么呢?小型梭鱼吗?不时游荡出没的长嘴鱼?现在,一个巨型、成年的捕获者,一个叫克里斯特的男人成了它们的死神,他正站在那儿准备就绪,等候时机。这个捕获者并不饿,他进行这些杀戮,仅仅为了寻欢。

有两条棕色的人腿出现了,邦德把头浮出水面,只见费德勒·巴比背后正捆着一只大鱼篮,手中拿着一支长柄抄网,站在他前面。

邦德把面罩推到头顶,说道:"我感觉自己就像是往长崎上空投原子弹的投弹员。"

"鱼是冷血动物,它们没感觉的。"巴比回应道。

"你怎么知道?它们受伤时,我可听到它们发出过惨叫声。"

巴比不以为然地说道:"碰到这种毒药它们想叫也叫不出,会一下子窒息而死。再说你吃错什么药了?它们只是鱼。"

"我知道,我知道。"邦德明白费德勒·巴比一辈子都在做捕杀动物跟鱼类的行当,早习以为常。可是他,邦德,有时哪怕杀人也不会有丝毫犹豫,现在他大惊小怪些什么呢? 他捕杀那条刺𫚉时,可一点儿也没心软。没错,那可是人类的敌人。但下面这些可都是友好的小家伙啊。小家伙? 情感的事谁又说得清!

"嘿!"克里斯特先生喊道,"你们在那边干吗? 这可不是闲扯的时候啊。把脑袋放水里头去,吉姆。"

邦德拉下面罩,重新伏在水面。随即他便看到那团漂亮的红色身影从远处而来。鱼儿很快从水底向他游了过来,仿佛邦德也是它们其中一员。游到邦德身旁时它们停住了,仰望着他。邦德在面罩里吼道:"该死的,快离开这儿。"邦德用鱼叉猛地向它一刺,它立马惊慌失措地逃之夭夭,顿时没了影踪。邦德这时才抬起头,恼火地竖起了拇指,自己这么做实在荒谬且起不到任何作用,他想想都感到惭愧。另一边得到了指示,随即把深棕色的油质液体倒进水里。还有时间,在克里斯特先生把毒药全部倒出前还有时间,让自己为那条鱼挣得一次生的机会,还有时间可以制止他。邦德还站在那儿犹豫着,却看见对方已经把最后一滴也倒得干干净净。见鬼去吧,克里斯特先生!

这时毒药慢慢地流入水底,原来倒映着蓝天的湖面上一摊金属亮光渐渐扩散,给海水着上了颜色。克里斯特先生,这个巨型的死神,也随着液体的流动往下涉水而行。他兴奋地喊道:"准备好,伙计们,要流到你们那边了。"

邦德把头扎到水下。现在小社区里一切还如往常。可就在瞬间水下乱作一团,里头的生物仿佛都得了圣维特斯舞蹈病①,在胡乱抽搐着。几条鱼儿疯狂地翻着跟头,最后如落叶般沉入沙里。海鳗从珊瑚洞里缓缓地滑出,张大着嘴巴,竖直了尾巴,身子无力地左右两边摇摆。小龙虾用尾巴反弹了自己三下,然后整个身子翻了过来。章鱼松开了腕上的吸盘,从珊瑚上颠簸着落到水底。随后,上游的大大小小的各种尸体漂了过来,翻着白肚皮的鱼、海虾、蠕虫、寄生蟹、带着斑点的绿鳗等等逐一登台。仿佛被死亡的阴风拂过,那些已经失去光泽的小生命缓缓地从他身边漂过。一条 5 磅重的长嘴鱼,嘴巴凶猛地撕咬挣扎,直至花光生命的最后一丝力气。暗礁下,一些身形较大的鱼儿在岩石间扑腾着尝试求生,溅起不少水花。一个接着一个,邦德眼睁睁地看着,海胆从岩石上跌落,掉在沙地上,仿佛一摊摊墨水渍。

邦德感到有人拍了拍自己的肩膀,他抬起头,只见克里斯特先生的眼睛在耀眼的阳光下充着血,嘴唇涂着厚厚的一层防晒膏冒着油光。克里斯特先生朝着邦德不耐烦地问道:"那该死的玩意儿滚哪儿去了?"

邦德把面罩推到头顶上,答道:"它好像知道些什么,在药水流过来之前就溜走了。我也还在找。"

邦德不等克里斯特先生回复,又把头扎进水里了。现在水下的

---

① 圣维特斯舞蹈病:在欧洲中世纪的后半叶,涌现的一种不停地唱、跳、舞蹈、痉挛的流行病,有人认为是因为一种塔兰台拉毒蛛咬伤所致。

尸体更多了,杀戮更重了。现在毒药顺着水流往下漂过去了。这片水域已经安全了,万一那条鱼儿,那条刚被他吓走的鱼儿,回到这里,它至少可以活下来!他呆住了,是的,远处迷雾中,一团粉色出现了。它刚刚走了,现在又回来了。那条希尔德布朗鳞鱼优哉游哉地从暗礁的缝隙中蹿出,穿过迷宫般的岩石脉络,朝着邦德的方向而来。

不顾克里斯特先生在旁,邦德伸出了一只空闲的手,猛地拍打着水面。那条鱼儿却不顾他的提醒,仍旧继续前进。邦德推开捕鲸炮的保险,朝着鱼儿的方向射出,想要把它吓走。可鱼儿却若无其事地仍旧朝着他前进。邦德把脚往下伸直踩到沙地上,穿过遍布的尸体,朝鱼儿走去。可就在这时,那条红黑相间的美丽鱼儿似乎停了下来,不停地颤抖着。顺着水流朝邦德直冲过来,最后沉了下去,一动不动地躺着他脚边的沙地上。邦德只好弯腰把它的尸体捧起。它的身子从头到尾都是弯曲的。邦德只感到它黑色背鳍上凸出的刺让他的手掌感到一阵轻微刺痛。为了让鱼儿继续泡着水,保持着它的色泽,邦德没有把手拿出海面。当他来到克里斯特先生身旁,只说了声"给你",把手上的小东西递给对方后,便独自朝着海岸游去。

晚上,克里斯特波浪号在一轮金黄大月亮的指引下,踏上了归途。克里斯特先生正命令着太太着手准备一场狂欢酒会庆贺一下,他说:"去准备东西庆祝一下,莉兹。今天太棒了,太棒的一天。最后的样本也找到了,我们可以离开这个讨厌的塞舌尔群岛,回到文

193

明之地了。着陆后把陆龟跟那该死的鹦鹉弄上船,先到蒙巴萨岛,然后飞到内罗毕,然后坐大飞机到罗马,威尼斯,或者巴黎,反正你想到哪儿都行。怎么样,宝贝儿?"他用那只大手抓着她的下巴和脸颊,嘬着那张涂满了唇膏的嘴凑了过去,冷冰冰地吻着她。邦德留意到女人紧紧地闭着双眼。随后克里斯特先生放开了她。女人揉着自己的脸,脸上还能看到他的手指印处白了一片。

"哎呀,米尔特,"她勉强地笑着,说道,"你快要把我捏碎了。你也不想想你有多大力气。不过确实要好好庆祝一番啊,一定很好玩。到巴黎的主意听着不错,就这么办,好吧? 我要吩咐厨房准备些什么吃的呢?"

"见鬼啦,当然是来些鱼子酱啊。"克里斯特先生双手叉开说道,"来一些马赫尔·施莱默①的那种 2 磅装、品级十的罐头。再来些其他配料,还有玫瑰香槟酒。"他转向邦德,问道,"这些合你胃口吗,伙计?"

"听上去挺丰盛的。"邦德话锋一转,问道,"你的战利品是怎么处理的?"

"泡在福尔马林里。在艇甲板那里还有好多罐呢。我们先前四处捕获的鱼跟海贝之类的都装在里面,它们在停尸罐里都安全着呢。有人教过我们要这样保存样本。我们回到文明社会就会把这些该死的样本空运回去。然后先要开个新闻记者会,还要在报纸上大肆宣传我们即将凯旋。我已经给博物馆和新闻社发了无线电。

① 马赫尔·施莱默:美国的一家零售商。

我的会计们肯定会痛痛快快地让那些该死的税务官好好看看这些报道,看他们还有什么话要说。"

狂欢会上,克里斯特先生喝得酩酊大醉,却也没有很失态。只是他本来就柔和的声音变得更轻柔,更缓慢。那颗圆圆的、冷酷的脑袋更随意地垂在肩膀上。他动作缓慢,火柴上的火焰烧了好半天才把手上的雪茄重新点燃,他还把一只玻璃杯推倒在桌上。然而嘴里头说的话却表明他醉得不轻。他言辞之间凶狠残暴,病态般的咄咄逼人,这些与他性情倒相当接近。晚宴后,邦德首当其冲地成了他的攻击目标。他轻柔地解释道,为什么哪怕英国和法国在世界处于领先位置,欧洲在国际中的价值还是越来越薄弱。他还表示当今世界上只有三大强国,美国、苏联,还有中国。三大强国玩的扑克牌局,其他国家既没本钱又没实力去插上一脚。有时候一些小国家会乐意,当然他也承认这些国家在历史长河中也曾是个大人物,比如英国也会乐意贷点款出来,跟大国们携手共事。然而大国们只是出于礼貌才帮其一把的,如同在同一个俱乐部了,他们不得不对破了产的朋友提供帮助。不过,英国,人倒是很好的,懂得照顾人,运动方面也不错,里面的古老建筑还有英女王之类的倒也值得一见。法国嘛,里头只有美食跟那些随意放荡的女人有点意思。意大利? 也就只有明媚阳光和可口意面,还有环境优美、设施齐全的疗养胜地值得一谈。至于德国,他们还是勇气可嘉的,可是输了两场世界大战后他们的心都碎了。其他剩余的一些国家,他安上几个差不多的标签随意带过,随后询问邦德对此的见解。

邦德对克里斯特先生的看法感到厌烦。他说他认为克里斯特先生的看法过于简单,甚至是天真。他还说:"你说的这些倒让我想起先前听过的关于美国人的格言,寓意深刻。你愿意听听?"

"当然,当然。"

"大概是说美国人其实并没有经历过成人阶段,就直接从婴儿进化到老人了。"

克里斯特先生若有所思地盯着邦德,最后问道:"怎么说,吉姆?不是很好嘛。"他转向他的太太时,眼里有点流氓的无赖神色,对她说道,"我想你定是很赞同吉姆说的,嗯,宝贝儿? 我记得你也说过美国人有些地方相当孩子气的话。记得吗?"

"噢,米尔特。"莉兹的眼里充满着恐惧,她读到了他眼里的信号,继续解释道,"你怎么会提起那个? 你知道的,我只是看到报纸上的漫画随口说的。我当然不赞成詹姆斯说的。不管怎么样,这只是个玩笑话,对吧,詹姆斯?"

"当然。"邦德说道,"跟克里斯特先生说英国除了一些废墟和女王外一无所有一样,都是玩笑话。"

克里斯特先生的视线仍旧停留在女人身上,他柔声说:"呸,宝贝。你为什么看上去这么紧张? 这当然是个玩笑话。"他停了一下,继续说道,"还是个我会记很久的笑话,宝贝。我会记着的。"

邦德看着克里斯特先生灌了各种各样的酒,估计他肚子里装的有整整一瓶了,其中大多还是威士忌。在邦德看来,除非克里斯特先生失去知觉昏倒在地,否则自己快忍不住要重重一拳打到对方下巴上了。不过现在费德勒·巴比倒成了下一个攻击对象。克里斯特转过身对巴比说道:"费多,你的这些岛啊,我第一次从地图上看

它们的时候,真以为就是苍蝇落下的脏东西掉在地图上了。"克里斯
特先生咯咯地笑着,继续说道,"当时我还用手背想要把它们擦掉
呢。后来我看了它们的一些资料,我感觉我的第一印象倒是一针见
血。它们根本一无是处,是吧,费多?我想哪怕像你这么聪明的人,
在那儿也是什么也捞不到的啊。在海滨捡破烂也算不上是一种生
活啊。不过我听说你家族有人非法收养了一百个儿童,或许这个才
是这些岛屿真正的诱人之处,嗯,伙计?"克里斯特先生狡黠地咧嘴
一笑。

巴比倒平和地说道:"那是我的叔叔,加斯顿。家族其他人也是
不同意的。这个消耗掉家族一大笔财产。"

"家族财产,嗯?"克里斯特先生朝邦德挤了挤眼,继续说,"里
头有什么?宝螺?"

"也不全是。"费德勒·巴比也不习惯克里斯特先生粗蛮的作
风,他看着有点尴尬,说道,"尽管一百多年前,我们靠卖龟甲和珍珠
母发家致富,那会儿这些还很值钱,但后来我们一直主营干椰
子肉。"

"我猜,你们定是把家族里的那些小杂种当作劳动力来使唤。
这可是个好主意。我倒希望我的家族也能用这种方法挣点钱。"说
罢,他看了看太太。她那片柔软有弹性的嘴唇仍旧紧紧地抿着,以
免下一轮继续被嘲笑与讥讽。邦德推开了椅子,走出房门,把门甩
上,走向井型甲板。

10 分钟后,艇甲板的阶梯上传来有人轻轻走下来的脚步声,站
在船尾的邦德转过头去,来者正是莉兹·克里斯特。她走向了他,

用略带紧张的声音说道:"我跟他们说我要去睡会儿。然后我想最好还是过来看看你有没有什么需要的。恐怕我不是个很称职的女主人呢。你确定睡在外头没关系吗?"

"没关系。我喜欢外头的空气,总比里面像罐头一样闷闷的要好。再说晚上能看到灿烂星空也是极妙的。我先前还没见过这么多星星呢。"

听到自己喜欢的话题,她热切地说道:"我最喜欢猎户星座的那三颗亮星和南十字星座。你知道吗? 我小时候,一直以为星星是天空上破了的洞呢。我以为整个世界被一个巨大的黑色袋子之类的东西包围着,袋子外头就是宇宙,宇宙里头全是明亮的光。那些星星只是袋子上一个个洞口,透过洞口,亮光会从里面射出来。人小的时候总会有很多很幼稚的想法。"她抬头看着他,希望对方不要冷落怠慢自己。

邦德说:"你猜想的也许是对的啊。一个人不该尽信科学家,那些人只想把一切变得沉闷无趣。话说那时你住在哪儿呢?"

"在新森林镇的灵伍德。对孩子来说,那是个好地方,能在那里长大是件幸福的事。我希望有一天能再回到那儿。"

邦德说:"可你已经走了那么远,早已不是当初的自己了。回去或许会觉得枯燥无味吧。"

她伸手捏了捏他的衣袖,急忙辩道:"千万不要这么说。你不懂,"她温柔的声音里头有着一丝绝望,"我可再也受不了。其他人,其他普通人有的寻常生活,我却没有。我指的是……"她紧张地笑了笑,"你不会信的,就只是这样,跟你一起站着说了那么几分钟话,这样轻松愉快的感觉我都几乎要忘掉了。"她突然捉起他的手,握得紧紧的,说,"对不起,刚刚那些我只是想想而已。现在我要去睡会儿了。"

这时他们身后传来了一阵柔和的声音,尽管说话的声音听上去含糊不清,但都是逐字逐句清晰地蹦出来的,意思绝不含糊:"好啊,太好了,我撞上什么了?你倒跟潜水员吻上了!"

克里斯特先生站在舱口,堵住了通往休息室的门。他两脚分开,胳膊伸起来撑着头上的门梁。身后房间透出的灯光照着他,整个轮廓看上去就像只狒狒。休息室密封的冷气从他身后涌了出来,不一会就让夜里原本温暖的空气带着一股冰冷气息,井型甲板上顿时冒着寒意。克里斯特先生走出去,轻轻地带上了身后的门。

邦德迈开步子,向对方走去,他双手握拳轻轻地垂在两旁,预估了双方间的距离,在刚好可以一拳打到对方心窝的位置停了下来,说道:"不要妄下结论,克里斯特先生。看好你的舌头,不要乱讲。你到现在还没被揍算你运气好,可不要把自己的运气赶跑了。你醉得不轻,睡觉去吧。"

"哎哟!听听这厚脸皮的家伙都说了些什么。"克里斯特先生那张脸在月光下被照得通红,他慢慢地把目光从邦德转向他太太。他翘起了厚厚的下唇,露出一副轻蔑的怪相,接着他从口袋里掏出一个银哨,拉着上面的绳子甩着圈,说道:"他肯定想象不到那个画面,对吧,宝贝?难道你没有告诉他先前那些德国佬不仅仅用哨子来做摆设吧?"他又转向邦德,说,"伙计,如果你再往前一步,我就会吹哨子了,只要一下,你知道后果会怎样吗?可怜的邦德就会被抛弃了。"说罢,他指了指大海,继续说道,"有个男人掉水里去了,太糟糕了,于是我们的船想要后退去找人。伙计,你知道最后怎么样吗?我们的船后退时双螺旋桨刚好刮到你了。难以置信吧?!那个好模好样的好小子,那个大家都这么喜欢的吉姆,运气太背了!"克里斯特先生晃晃荡荡地站在那里,继续说道,"你能想象到那个画面吗,吉姆?好吧,咱们重归于好,把事情擦得一干二净吧。"他一手扶住舱门的过梁,转向他的太太,腾出另一只手缓缓地勾了勾手指,说,"来,宝贝。是时候去睡觉了。"

"好的,米尔特。"她那双睁得大大的眼睛露着恐慌,转向一侧跟邦德说了声,"晚安,詹姆斯。"不等对方回应,她慌忙冲到克里斯特先生那边,穿过他的手臂,连走带跑地穿过了休息室。

克里斯特先生举起了一只手,向邦德晃了晃:"放松点,伙计。没有生气吧,嗯?"

邦德什么也没说,继续狠狠地盯着他。

克里斯特先生莫名地笑了起来,说道:"好吧,你自便。"他转身推开了舱门,头也不回地走了进去。透过舷窗,邦德看到他跟跟跄跄地穿过休息室,把灯关上后,走入走廊,特等舱房里头微光一闪,随后又漆黑一片了。

邦德耸了耸肩膀。天啊,这什么人啊!他靠着船尾的栏杆,看着满天的繁星,看着海里荡起的浪花,倒映着星空波光粼粼,试着让自己的思绪停下来,紧绷的神经放轻松。

半个小时后,邦德已在船员的盥洗室冲好了澡,在井型甲板上铺着自己的床垫,就在这时,他听到了一声凄厉的惊叫,声音很快撕破黑夜的长空,随后一切又沉寂下来。是那个女人的声音。邦德快速跑过休息室,穿过走廊。可手刚碰到特等舱的门把手,他又停了下来。里面传来了她的啜泣声,还有克里斯特先生柔和但低沉的说话声。活见鬼了!事情与他何干呢?在房间里边的可是一对夫妇。如果太太准备忍受这样的生活,而没有任何杀掉或离开自己的丈夫的打算,那么,邦德一个外人更是没必要在这儿扮演骑士的角色。于是他挪开了搭在门把上的手,蹑手蹑脚地走出了走廊。就在他穿过休息室时,惊叫声又响了起来,只是这回的声音听着没有先前那么尖锐。邦德嘴里咒骂一通,走了出去。现在他躺回自己的床上了,逼着自己转移注意力,好好听着柴油机传来的毫无乐感可言的砰砰声。一个女人怎么会懦弱得一点儿勇气都没有呢?又或者所有女人都能忍受男人的种种,除了男人对她的冷漠?这些问题在邦德的脑海里挥之不去。他越想越精神,越难以入眠了。

一个小时后,邦德快要睡着时,头顶上的艇甲板传来了克里斯特先生的鼾声。邦德记得离开维多利亚港的第二个晚上,克里斯特先生曾在半夜离开了自己的舱房,走到了一个专为他准备的吊床去睡,那个吊床就挂在快艇和救生橡皮筏之间。那天夜里,他可没有打鼾。今晚他鼾声如雷,听上去像是服用了大量的那种蓝色的安眠药,再加上饮酒过度导致的一种近乎失控的鼾声。

鼾声如同滚滚雷声,邦德受够了。他看了下手表,凌晨 1 点 30 分了。邦德打定主意如果鼾声在十分钟之内还不停下来的话,他就要去费德勒·巴比的舱房,直接睡到地板上了,哪怕早上醒来时冻得发僵,浑身酸痛。

邦德盯着手上的手表,荧光亮的分针慢慢地顺着转盘走动着。1点40分!他赶紧起身,快速收拾他的衬衫和短裤,就在这时,上方的艇甲板传来一下沉沉的碰撞声。紧接着便是各种混杂在一起的声音:挣扎的声音,喉咙发呛的声音,还有喝水咕噜的声音。难道克里斯特先生从吊床上掉了下来?虽然很不愿意多管闲事,邦德还是把东西扔回甲板,走上了阶梯。当他快要上到艇甲板,头部与艇甲板平行时,那阵喉咙发呛的声音停止了。取而代之的是另一种更可怕的声音,那是人的后脚在不停蹬地的声音。邦德太清楚那种声音了。他一个箭步跃过阶梯,只见月光下,一个身影四肢张开躺在甲板上。他跑了过去,缓缓跪下,惊骇地看着眼前的景象。克里斯特先生那张被勒死的脸充满着恐惧,情况已经够糟糕的了,更恐怖的是,张大的嘴巴里伸出来的不是他的舌头,而是一条粉黑相间的鱼尾,是希尔德布朗鳞鱼!

人已经死了,死相令人毛骨悚然。鱼塞进他嘴里时,他必定拼命地伸手想要拽出来,但鱼背部的脊椎和臀鳍已经卡在口腔里头,一些刺已经刺穿口腔,在脸颊上可以看到一根根冒出头了,那张猥亵的嘴巴周围血迹斑斑。邦德感到一阵战栗。生死只在一瞬间,然而那一瞬间是多么的可怕!

邦德慢慢站了起来。他走到雨篷下的架子前,架子上摆放着各种生物样本罐,他端详一番。发现最后一个罐子敞开着,塑料盖子被扔在了甲板上。邦德拿起瓶盖小心地往雨篷的柏油帆布上擦了擦,随后,用指尖拈着,轻轻地盖回瓶口上。

他回到尸体旁,站在那儿思索着,作案的只可能是那两人之一了,究竟是哪个呢? 用这么珍贵的战利品做武器,里头定是有什么深仇大恨。这么看来,一切都指向了那个女人。她是有作案动机的。但是费德勒·巴比,身上流着的可是克里奥尔人的血液,有着这个种族残暴和可怕的天性。操你的鱼儿吧! 邦德几乎能想象巴比嘴里一边说这话,一边把鱼儿塞进死者嘴里。假设,刚刚就在邦德离开休息室后,克里斯特先生针对塞舌尔人,尤其是巴比的家族或他们深爱的岛屿,继续进行强烈抨击的话,惹恼了巴比。费德勒·巴比没有在当场揍打对方或用刀捅死对方,而是谋划一番后待机而行,那也是有可能的。

邦德环绕了甲板四周。死者发出鼾声,或许就是他们两个之一行动的信号。船中部的起居甲板两边都有阶梯通往艇甲板。船头操舵室的人听不到轮机舱以外的声音。有人趁着克里斯特先生熟睡,从装满福尔马林的罐子里取出一条鱼儿塞到他那张打着呼噜的嘴里,易如反掌。邦德耸了耸肩,不管是谁干的,似乎都没有想过后续的事,只要后续一经审讯,或许就能发现指向凶手的线索,当然邦德也会成为一个嫌疑犯。这里所有人都会因此惹上一堆麻烦,除非他能把这些烂摊子收拾干净。

邦德环顾了艇甲板周边情况,艇甲板下面是 3 英尺宽的长甲板,贯穿整条船。这块长甲板与大海之间隔着一条 2 英尺高的栏杆。倘若吊床断了,克里斯特先生掉了下来,滚到快艇下,随后滚到了上层甲板边,他会因此而掉到海里去? 邦德知道很难,几乎不可能,尤其在海面风平浪静,船行驶得这么平稳的时候,然而他却正要这样营造一种假象。

下定主意,邦德行动起来了。他先从休息室里拿来一把餐刀,精心地把吊床上的一根主要的绳索磨断,这样吊床就可以自然地拖在地上了。随后,他找来一块湿布,把木板上的血迹和把鱼儿拿出样本架塞到死者嘴里时滴了一地的福尔马林也都擦干净。这会儿该处理最棘手的部分了——尸体。邦德小心翼翼地把尸体拖到甲板边,自己则走下阶梯,摆好架势扎好马步,伸手把那副沉重、满身酒气的尸体拽了下来,扛在肩上。他扛着尸体蹒跚地走到了低矮的栏杆旁,把他扔进大海。邦德最后看了一眼那张面目可憎、胀鼓鼓的脸,冒着一股发酸发臭的威士忌酒气的身子,扑通一下,尸体溅起巨大水花,在海里随波逐浪地翻腾着,渐渐地消失在他的视线中。随后邦德背贴着休息室舱口留意周边动静,一旦有舵手们到船尾视察,他也可随时溜进休息室。然而四周一切如初,柴油机的铁轮轴仍旧稳定地转动着,发出嗒嗒的声音。

邦德深深地松了一口气。现在估计只有那些愿意打破砂锅问到底的验尸官才会找到什么蛛丝马迹而判定这不是桩意外。他回到了艇甲板,最后环顾了四周一遍,处理好餐刀跟湿布,随后走下阶梯,回到井型甲板的床上。现在已是凌晨 2 点 15 分,不到 10 分钟,邦德便睡着了。

次日游艇加速到 12 节,下午 6 点就到达北端了。天空上火红跟金黄的霞光一道一道地洒向宝蓝的海水,船上井型甲板的栏杆旁,站着两男一女,他们看着绚丽的海滨滑过如珍珠母般明净透亮的大海。站在中间的莉兹·克里斯特穿着一条亚麻连衣裙,腰系一条黑色皮带,脖子间还绑着一条黑白相间的丝巾。这身丧服跟她金色的皮肤相映成彰。三个人下意识地呆呆地站在那里,每个人都若有所思保护着自己的小秘密,每个人又都迫切地想要传达给其他两个人,告诉他们自己不会把彼此专有的秘密透露出去。

这天早上,他们三人似乎事先合谋过一样,都睡到很晚才起来。尽管邦德在10点才被火辣辣的太阳晒醒,他还是先在船员盥洗室冲了个澡,又跟舵手聊了一会儿天,才走去看看费德勒·巴比在做什么。邦德来到巴比房间,发现对方还在床上。对方表示自己头还晕晕的,酒还没醒,他还问邦德昨晚自己是不是对克里斯特先生有所失礼。还说印象里头克里斯特先生似乎对自己很无礼,而其余的自己都断片不记得了。对方还问道:"你还记得我开头的时候是怎么说的吗,詹姆斯?我先前就说过他是个超级无敌大王八。现在你也看到了吧?总有一天会有人把他那张绵里藏针的嘴巴给封上的。"

听着这些,邦德感到毫无头绪,随后便到厨房去吃点早餐。就餐时,刚好碰到同样过来就餐的莉兹·克里斯特。她穿着一件蓝色的山东绸和服,裙摆刚好到膝盖处。如往常般她独自在那里用餐,两只眼睛下面有着深深的黑眼圈,但她却看似相当平静和放松。她压低了声音悄悄地对邦德说:"昨天晚上的事,我很抱歉。我想我一定喝得太多了。但请你一定要原谅米尔特,他人是很好的。通常只是因为喝得太多,他才惹出很多麻烦。一般来说,第二天醒过来他就会跟你道歉的。待会儿你就知道了。"

11点到了,可以说,他们两个人都没有露出任何端倪来泄露自

最高机密

已的秘密,于是邦德决定加快事件的进展。现在莉兹·克里斯特正趴在井型甲板上看着一本杂志,邦德走了过去,直直地盯着她,问道:"你丈夫去哪儿了? 还没起吗?"

她皱了皱眉,答道:"也许吧。昨晚他起来到艇甲板的吊床去睡了,我不太清楚那会儿是几点。我吃了安眠药,睡得很沉。"

费德勒·巴比在甲板边放出鱼线,打算钓条琥珀鱼,他头也不回地插了一句:"没准他在操舵室呢。"

邦德说:"如果他还在艇甲板上睡觉的话,他肯定被烤焦了。"

莉兹·克里斯特说道:"噢,可怜的米尔特! 我倒没有想到这个。我要赶紧过去看看。"

她走上了阶梯,当她的视线刚好看到艇甲板时,她停了下来,焦急地朝下边喊道:"吉姆,他不在这儿,吊床断了。"

邦德说道:"或许费德勒说得对,我到操舵室去找找。"

随后邦德来到了操舵室,只见弗里茨、二副,还有轮机长都在那儿。邦德问道:"有谁见到克里斯特先生了吗?"

弗里茨一头雾水地答道:"没有见到,先生。怎么了? 出什么事了?"

邦德满脸愁容地说道:"我们在船尾也没有看到他。来,快来! 都四处找找。他昨晚睡在了艇甲板上,我们刚刚才发现他不在那儿。上面的吊床是断了的,晚上他身上可什么都没穿呢。快! 赶紧的!"

大家上上下下搜索了一番,最后得出了唯一的结论。莉兹·克里斯特歇斯底里却又恰如其分地发了疯一般痛哭起来。于是邦德把她扶到她的舱房。"没事的。莉兹。"他安慰道,"外头的事你不要管,让我来处理就好。我们还要给维多利亚港那边发电报。我现在要去通知弗里茨全速前进了。现在回头找也是于事无补的,天亮都已经六个小时了,他不可能在白天掉下去,否则大伙儿一定会听到或看到的。他定是在夜里掉下去的。我想不管是谁,就这样在海里头泡上六个小时,都是活不了的。"

她睁大眼睛看着他,说道:"你是说,你是说会有鲨鱼或其他东西把他吃掉?"

邦德点了点头。

"噢,米尔特! 可怜的,亲爱的米尔特! 噢,为什么会发生这样的事?"

邦德宽慰了她几句后,便走出去轻轻地关上了门,留下她独自在舱房哭泣。

游艇绕过坎农角便开始减速。避开海中的裂岩后,游艇平稳地滑过宽广的海湾,伴随着最后一丝光线,模模糊糊中可看到前方浮现的柠檬黄和青铜色块,最后船朝着停泊地驶去。现在山下的小镇笼罩在靛蓝的暮色中,时而可见点点黄色灯火。邦德看到海关和移民局的汽艇从长路码头驶出迎接他们。无线电站发出的消息很快传遍了塞舌尔俱乐部,随后俱乐部成员的货运司机和员工又把消息传到城镇里头,现在这个小社区已经炸开了锅。

莉兹·克里斯特转向邦德说:"我开始觉得有点儿紧张了。你会帮我处理好余下的这些,这些可怕的繁文缛节和手续之类的,是吗?"

"当然。"邦德答道。

费德勒·巴比也安慰道:"不要太担心。这里所有人都是我朋友,审判长还是我的叔叔。我们所有人都要去陈述情况,估计就在明天。然后后天你就可以离开。"

"事情真这么简单?"只见她眼角渗出几滴泪珠,她继续说道,"问题是,我不知道要去哪儿,或者接下来要做些什么。我想……"她犹豫了一下,眼睛躲避着邦德的视线,继续说道,"我想,詹姆斯,不和我一起到蒙巴萨岛吗? 我是说,你最终还是要到那儿去的啊,坐我的船,还可以让你早一天到达,比你要等的那艘坎什么船要早。"

"坎帕拉号。"以免大家察觉到他在犹豫,邦德点了一支烟。四天,现在有机会跟这个女人在这艘豪华游艇上待上整整四天! 但那条鱼,塞进克里斯特先生嘴巴的那条鱼,让人感到阴森可怕! 是她干的? 或是费德勒,他早知道在马埃岛的叔叔或其他表亲会庇护他,不会让他受到任何伤害,所以肆意妄为? 犯下罪行的也只可能是他们的其中之一,没准不是她呢。于是邦德轻松地说道:"那样最好不过了,莉兹。我当然想要一起去。"

费德勒·巴比轻声地笑了起来:"太好了,我的朋友。我倒想跟你换个位置跟着她一起走,不过,我还有件事。那条该死的鱼。这里头可是责任重大。我想为了这事,史密森尼博物院的电话肯定已经铺天盖地而来,你们准备接招吧。而且不要忘了你现在还是'光之山巨钻'的受托管理人。你知道这些美国人的。除非他们把要的东西弄到手,否则会搞得你这辈子鸡犬不宁的。"

邦德看着面前的女孩,他的眼睛如燧石般坚定。现在无疑矛头都指向她了。现在他理应要找些借口,放弃这趟行程,这里头可涉及一桩以特殊方式行凶的杀人案……

但那双美丽的、甜美的蓝眼睛却十分坚定。她抬头望向费德勒·巴比的脸,魅力十足地轻松说道:"那不是个问题。我已经决定把东西捐给大英博物馆了。"

这时邦德留意到薄薄的一层汗珠已经渗到她额头两边。但是,毕竟,这个晚上确实太热了……

这时船上发动机轰轰的声音停了下来,游艇慢慢地停靠到这个安静的港湾了。